亞特
傑羅斯
Kadokawa Fantastic Novels

路賽莉絲
楓
雷娜

莎蘭娜
伊莉絲
嘉內

「爾等似乎很開心吶。
吾明明復活了，卻無視於吾嗎……」
阿爾菲雅
（小邪神）

賢者大叔的異世界生活日記

11

Kotobuki Yasukiyo
寿安清

Kadokawa Fantastic Novels

Contents

序章　～傳至阿爾特姆皇國的訃告～

阿爾特姆皇國，以有翼種族路菲伊爾族為中心統治的多元民族山岳國家。

國家基本上對外來種族採取寬容政策，也因為在嚴苛的自然環境下存續至今，使得他們有著實力主義至上的一面，也很重視強者要保護弱者的俠義精神。

對背叛與不忠行為的態度非常嚴厲，所以有些不近人情。

正是這樣的民族性，造就了一樁悲劇。

事情起於路瑟伊的母親梅亞·伊瑪拉生下了人族之子（路賽莉絲），遭人懷疑她與人族私通。

梅亞在受到懲處之前，便帶著生下的孩子消失無蹤，之後再也沒人知道她的下落。

其中也有人臆測她是對外遇一事感到心虛才逃走的，然而最終仍不知真相為何。即使派人出去搜索，也找不到半點她的蹤跡。

一直到最近才確認她的女兒還活著，與她有血緣關係的姊姊「黑天將軍」路瑟伊·伊瑪拉前去調查此事返回後，即在僅召集了族人的皇王謁見廳呈報調查的結果。

「……路瑟伊啊，妳所言為真？」

「是的，陛下……家母為證明自身的清白而離開此處，直到最後都與協力者一同奮鬥，企圖查明真相，卻未能實現心願，便回到主神身邊了。」

「……這樣啊。」

謁見廳籠罩在一片沉重的沉默之下。

雖然已經事先聽外交官呈報過此事了，但是聽路瑟伊親口報告，眾人依然無地自容。無法掩飾重新體認到梅亞之死的悲傷。

即使他們想贖罪，梅亞也早已不在人世。

更重要的問題是路菲伊爾族知識的不足。對他們來說，遺傳基因工程等知識早已失傳，他們根本不可能解開隔代遺傳這種自然的惡作劇。

祖先的特徵突然出現在好幾代之後的子孫身上。他們完全沒有人想過有可能會發生這種事情。

阿爾特姆皇國國王馬爾杜克・拉赫・阿爾特姆在王座上深深地嘆息。

「……隔代遺傳。竟然是祖先的血統突然覺醒的現象……沒想到這種事情會發生在我們這一族身上……但是經妳這麼一說，也確實可以理解。我們皇族過去的確多少混入了其他種族的血統。這個世界上已經沒有純種的路菲伊爾族了。」

「陛下，那只是一種假設啊！眼下不是沒有證據能夠證明此事為真嗎？」

「但是梅亞直到最後都否認自己有過不貞的行為喔？而且儘管現在伊魯瑪納斯地底通道已經開通了，當時要前往索利斯提亞魔法王國仍必須越過山脈，你認為有人會抱著半吊子的覺悟做出這種事嗎？」

「這、這點……確實……」

索利斯提亞魔法王國和阿爾特姆皇國之間隔著一片險峻的山岳地帶。

就算路菲伊爾族能飛在空中，若是單獨飛行，被具有飛行能力的魔物盯上的危險性也會大幅提昇。遭到整群魔物襲擊的情況就更不用說了，即使是老手也很難越過山脈吧。

梅亞的戰鬥能力比其他的路菲伊爾族還差，越過山脈幾乎等於是自殺行為。

她卻靠著意志力完成了這件事。

「該說為母則強嗎，沒想到那個梅亞竟然……身邊連一個伙伴也沒有，旅途中想必十分不安吧。」

「不過家母很幸運。因為她遇到好人，獲得了許多知己。我……以身為家母的女兒為榮。」

「路瑟伊……妳說得是。梅亞抵抗自身的命運，並且戰勝了它，將真相留給了親生女兒。罪過的是沒能相信梅亞的我們……」

「陛下……」

「我們必須將梅亞接回故鄉。畢竟她夢想著能再次回到這裡，卻無法實現。心中想必留下了遺憾吧。我們起碼要幫她實現這個願望。這是我們唯一能做到的贖罪。」

「……遵命，家母也會很高興吧。」

「嗯。拉馮！」

馬爾杜克國王出聲喊了路瑟伊的父親，也就是梅亞的丈夫，拉馮。

他聽完路瑟伊的話之後就了無生氣，臉上的表情有如死人。

「拉馮啊，你聽見了嗎？」

「是！陛下……有何吩咐？」

「……去迎接梅亞回來吧。這是你的贖罪。若情況允許，我是很希望能夠舉族去迎接她，但也不好這麼做。」

「贖罪……是啊。我沒能相信梅亞。是個愚蠢又差勁的丈夫。」

畢竟現場只有包含馬爾杜克國王在內的家族成員，所以拉馮用了平常的口氣說話。

然而這番話中感覺不到半點霸氣。

「我們都是一樣的。所以至少帶她回故鄉，讓她得以安眠，這正是我們的任務吧？帶著獨自翻山越嶺，憑藉自身力量獲得知己，並證明了自身清白的尊貴公主回來。要哭可以等到那之後再哭。這是我的旨意。」

「是……謹尊聖意。」

拉馮就這樣接下了前往索利斯提亞魔法王國帶回梅亞遺骸的命令。

不過還有另一個問題。

「該怎麼處理無翼的我族人呢……她一定很恨我們吧。」

「陛下，舍妹……路賽莉絲目前以人族的身分生活著。她不知道母親的事，也憑借自身的意志決定要如何生活了，事到如今，應是無法將她帶回本國了吧。那孩子的故鄉已是索利斯提亞魔法王國了。」

「可是，考慮到隔代遺傳的問題，路賽莉絲也有可能會生下我們一族的孩子吧？更何況她可是皇族啊。」

「我想至少親手將母親的遺物交給她。若真的發生陛下所說的情況，我們也應當爽快地接納他們母子。畢竟索利斯提亞魔法王國是我們的同盟國。」

「這確實是個難題啊。唉，現在應該靜觀其變嗎？」

「幸好我和她有書信往來，我想若是她結婚生子，應該會通知我。而且即使我們帶她回來，周遭的人也不會用什麼好眼光看待她吧。再說父親也還不知道如何面對她，我們需要一些時間來整理心情。」

「……原來如此。」

路賽莉絲的事就決定先暫時擱置了。

然後沒過多久，由拉馮率領的一行人便動身前往索利斯提亞魔法王國。

為了接回路賽莉絲的母親，梅亞的棺材──

◇　◇　◇　◇　◇　◇

法芙蘭大深綠地帶。

這是一塊每天都依循弱肉強食法則展開生存競爭的嚴酷大自然領域。

即使在入口附近，此處的魔物個體能力也相對較高，正是適合騎士團訓練的地點。

「在這邊小憩片刻！各自保持警戒，輪流休息。」

在騎士團長的命令下，負責看守的騎士便開始執行周遭的防備工作，除此之外的人則吃起了軍糧。

這座森林的魔物數量已經算是少的了，然而騎士們直到剛剛為止仍連續進行了好幾場戰鬥。這也使得大多數的人都面露疲態。

「差不多該打道回府了嗎……」騎士團長看著他們的模樣嘀咕著。

「要、要死了……」

「這根本不是魔導士該做的事啊……呼、呼。」

最近魔導士團和騎士團的組成做了大幅的改革。

他們開始將魔導士編入騎士團的部隊中，重新審視原先設想的戰術並加以驗證。

而其中的當務之急，正是強化魔導士的戰鬥能力。

過去魔導士肩負的任務都是以後方支援為主，儘管魔法的威力強大，卻大多無法在前線作戰。

不過要是有能拿起武器，在前線作戰的魔導士，就能大幅地拓展戰局。

因為可以視戰況做出各種不同的編隊，在戰術層面上非常有利。

可是突然的組織改革也會造成莫大的混亂——

首先，他們必須重新鍛鍊舊體制下的魔導士。

其次，莫名地具有強烈菁英意識的魔導士們將率先脫離。

第三，雖然魔導士們失去了待在後方攻擊這個安全的定位，現在必須要拿起武器上前線作戰，可是他們根本沒有毅力能做到這件事。

最近魔法卷軸開始在騎士們之間普及，能夠使用簡單魔法的人變多了。這麼一來，魔導士的價值只會不斷下滑。

畢竟比起專精魔法的魔導士，騎士們反而更能夠善加運用各式各樣的魔法。魔導士團已經失去了存在的意義，甚至導出了「現在已經不需要魔導士了吧」這樣的結論。

更重要的問題是，提倡要增加能夠在前線作戰的魔導士的人，好死不死正是等同於這些魔導士後輩的學院學生。

國王接受了學生提出的軍隊改革方案，害得魔導士團顏面掃地。過去得以囂張的榮光不復存，如今只能整天忙著進行骯髒的訓練。

「可惡！那些臭小鬼，竟然煽動陛下做這些多餘的事……」

「為什麼我們得參加這種訓練……唔噁！」

「別吐啦！你這樣會害人吃不下飯吧！」

嚴苛的訓練對弱不禁風的魔導士而言根本是地獄。

每天都得從早到晚進行培育基礎體能的訓練，接受戰術講習，只要有一個人出錯，其他人也得負起連帶責任。軟弱的開口抱怨還會挨揍。

怒罵聲此起彼落，他們至今建立起的自信遭到連根拔起，重新植入對國家的責任與使命感。畢竟半吊子的覺悟有可能會害死伙伴。

這在某種程度上說是洗腦也不為過吧。

「混帳東西，就憑你們這點毅力，哪能保衛國家！我們的裝備可是國民的稅金，也就是信任！既然手中拿著國家配給的物品，我們就沒有選擇的餘地！」

「沒錯！我們有責任跟義務要守護國民。難道你想放棄這些責任跟義務，淨占些便宜嗎！」

「「「…………」」」

而早他們一步接受訓練的魔導士前輩，已經徹底被洗腦了。

真要說起來，在大深綠地帶的邊緣訓練這件事本身就很奇怪了，然而在精神層面上已經被逼到極限的後輩魔導士們根本沒有餘力去思考。反而覺得前輩魔導士們率先挑戰危險訓練內容的身影看起來非常可靠。

他們對那些挑戰困難的身影產生了強烈的憧憬。

「可是這次的魔物數量特別多耶。」

「聽說裡面的遇敵率更誇張，所以今天遇到的魔物也只是開場？」

儘管對魔物的數量過多這點存疑，卻沒有進一步地去思考原因。這對他們而言正是一大失誤。

當魔物數量超出預期，不是發生失控現象就是大量繁殖。再不然就是有大型物種出現在這附近了。

但是欠缺實戰經驗的魔導士無法察覺到這件事。

——吼喔喔喔喔喔喔喔喔喔喔喔喔喔喔喔喔喔喔喔喔喔喔喔喔喔喔喔喔喔喔！

突然的咆哮響徹周遭。

在場的所有人都因為眼前出現的漆黑巨大身軀而驚訝的僵住了。

如鱷魚尖銳的嘴。背上長著雙翅，還有一條長長的尾巴。

儘管這身影酷似傳說中的最強生物，然而唯一不同的，是他們眼前的魔物是用雙腳站立的。

他們所知的最強生物通常會俯趴在地。

仔細一看，在鱗片等身上隨處可見的位置上，都浮現出了人的臉孔。

他們從沒聽說過有這樣的龍。

「……這、這是龍嗎？」

在場不知道是誰低聲說道。

如果是飛龍，他們或許還有機會戰勝。但這生物如果是龍，他們根本無法與之為敵。

真要說起來，他們不管在準備上還是熟練度上都不足以應付這樣的對手。

「快、快逃啊！」

「手上的東西丟掉沒關係！無論如何都要撤離這裡！」

就算是幼龍，其威脅程度也絕非飛龍能比。

那是只要一隻就能毀滅一個國家的存在。也莫怪他們會驚慌失措。

「……不、不行了……現在才逃也逃不掉……」

「哈哈哈……我們……要死在這裡了嗎……」

他們嚇得動彈不得，有如被蛇盯上的青蛙。

一步也動不了，絕望就在眼前。

「「「咕喔喔喔喔喔喔喔喔喔喔喔喔喔喔喔喔喔！」」」

「「「怎、怎麼了？」」」

然而突然有別的魔物撲向了龍。

灼熱火焰席捲、白銀雙翅斬殺、漆黑暗影奔馳。

那看起來像是三隻雞蛇。

「那個……是雞蛇嗎……？」

「亞種……不，變異種嗎？太亂來了……」

「但、但是……可以趁牠們交戰時……」

「趁現在撤退！不要管別的，跑就是了！你們想死嗎！」

這聲音讓團員全都跑了起來。

名聲或名譽什麼的，在弱肉強食的自然界毫無意義。

不管再怎麼丟臉，他們還是以活著回去為優先。這是正確的判斷吧。

這判斷將會影響到他們的生死。

他們在嚴苛的森林裡竄逃了兩天，總算勉強回到了露營地。

雖然還是有輕重傷患，但光是無人喪命，就已經是奇蹟了。

◇　◇　◇　◇　◇　◇

「咕喔……（被逃掉了嗎……）」

「咕喔，咕啊（不過這是一場不錯的對決）。」

「嘎喔，咕啊（嗯，真想再與之一戰）。」

在法芙蘭大深綠地帶裡閒晃的烏凱牠們，碰巧遇上了龍。

牠們基於原有的鬥爭心挺身挑戰龍，雙方大戰了三天三夜。

或許是覺得形勢不利吧，漆黑的龍逃離了此處，森林裡暫時恢復了寧靜。

「咕喔（回去吧）。」

「咕啊（嗯）。」

「嘎喔，咕啊咕啊（這裡是很好的修練地點，之後再來吧）。」

「「咕喔（同意）。」」

這些已經蛻變的咕咕們，也化為超脫一般常識的存在了。

沒人知道牠們將抵達什麼樣的境界。

◇◇◇◇◇◇

從預料之外的強敵手中飛往空中逃脫的野獸，了解到自身有多孱弱。

自身的力量還不足以達成目的，為了變得更強，必須捕食更多的獵物。

『太弱了……這樣下去……得找獵物……』

『……尋找……捕食……為了滅除那些傢伙……還不夠……』

『力量……更強大的……力量……』

『……好恨……好苦……讓那些傢伙也……承受這樣的痛苦……』

『破壞……一切……毀滅。』

野獸全身上下的人臉紛紛吐出話語。

雖然每張臉看似各有不同的人格，基礎卻被憎恨這個單一的情感給統合在一起。

口中吐出的話語全是詛咒。

過去被稱為勇者的人們從異世界受召喚前來，卻只遭人利用，一旦沒用處了，就被當成危險分子收拾掉。

其中也有人留下了子孫，然而子孫大多成了宣示效忠於四神教，接受了洗腦教育的梅提斯聖法神國騎士。只是利用了勇者後代會成長變強的機制。

可是經歷數代後，這力量也會隨之衰退，必須再召喚新的異世界人。

反過來說，就是有這麼多的異世界人受召喚而來，被當成用過就丟的道具。

對四神教而言，他們只有表面上將勇者視為英雄，私底下則是將異世界人當成類似獸人那樣的亞人來看待。

當然，勇者們對此事並不知情。

而這些死去的異世界人，靈魂無法回到輪迴轉生的圓環中。

勇者們死亡後仍得不到救贖的靈魂，為了洗刷怨恨而干涉這個世界，成了扭曲世界法則的存在。

就算一開始只是微小的力量，但是長時間累積下來的眾多受害者靈魂，使這件事化為了可能，最終獲得了能附身於生物上的力量。

這些靈魂透過吞食其他生物，獲得存在於物質世界的力量，穩固自身的存在，奪取對方的能力。

但是野獸發現，自己目前的力量還不夠。

『『『『更多……力量……』』』』

野獸持續朝著東邊飛去。為了奪取更多力量，進化為比現在更強的個體……

第一話　大叔在雪山戰鬥中

「混帳東西！快點死一死啦！」

他們與「暴雪帝王龍」已經交戰了整整三天。

亞特扛著大劍猛然逼近巨龍，朝著較為柔軟的腹部，沒施展任何技巧，僅憑著一股蠻力出手攻擊。

退開的時候還順便賞了對手一記攻擊魔法。

「你也差不多該倒下了吧！」

可能是因為真的累了吧，傑羅斯的口氣也相當粗暴。

他單手扛著一把巨大的鎚子，朝著敵人頭部重重揮下。

鎚子上還附加了魔法效果，但就算強力的電漿直擊腦門，看起來對龍王級的巨龍也沒什麼效果——

不過實際上，暴雪帝王龍已經被逼入了絕境，傑羅斯他們也在體力快到達極限的狀況下苦撐著。

現在已經單純是在比哪一方先用盡力氣了。

「嘻嘻嘻嘻嘻！吃我這招啦，『電漿射線』！」

「你已經打到瘋了呢……『爆破地雷』！」

巨龍遭到極粗的雷射直擊，身體搖晃時又觸中了設置在空中的爆破地雷，吃下連鎖爆炸攻擊，遭巨大的爆焰所吞噬。

威力強大的魔法融解了積雪，雪山變成了普通的岩石地。

兩人一鼓作氣地連續使出威力強大的魔法，想盡可能地給予對手傷害，勇猛地展開攻勢，內心卻因為看不到這場戰鬥的終點而焦躁不已。

持續了三天三夜的戰鬥讓山岳地帶的樣貌大改——應該說根本是人為造成的天地變異，導致魔物生態系產生了巨變。

「「喝呀啊啊啊啊啊啊啊啊啊啊啊啊啊啊啊啊！」」

兩人前後夾擊，雙方都使出了全力一擊。

——咕喔啊啊啊啊啊啊啊啊啊啊啊啊啊啊啊！

攻擊似乎奏效了，這三天戰鬥下來，龍身上也累積了不少損傷。

龍的翅膀早已殘破不堪，無法飛翔了。

龍和獵人都已經遍體鱗傷。

雙方都只剩下想要活下去這個生物會有的單純求生意志。

或者該說是本能？

傷勢愈重的野獸愈是大意不得。

或許是累積了不少疲勞吧，傑羅斯他們有一瞬間竟看漏了龍王的動作。

「啊……」

暴雪帝王龍把頭轉向完全無關的方向，開始在緊閉的口中凝聚龐大的魔力。雖然不曉得是超低溫還是高密度，但這是牠要噴出吐息的前兆。

傑羅斯的心中有股不祥的預感，他立刻確認暴雪帝王龍的頭朝向的位置。

是上頭有著大量積雪的傾斜山麓。

「該、該不會……」

「喂喂喂，趕快倒下啦！」

「亞特，快走！不然會被捲入雪崩中喔！」

「咦？雪崩？」

龍在傑羅斯大喊的同時噴出吐息，直接命中了山腰。

其威力化為衝擊波擴散到周圍，強勢地炸飛了積雪，並引發雪崩，雪有如海嘯般襲向傑羅斯兩人所在的位置。

「真的假的……」

「雖說龍的腦筋很好，但真沒想到牠會來這招啊……」

「現在該怎麼辦啦！這樣下去我們會被雪崩吞沒的！」

「逃跑也來不及了吶。這時候就……『冰結牆』。」

傑羅斯朝著雪崩湧來的斜坡造出了一座等腰三角形的冰牆，選擇正面承受雪崩。這是他抱著「反正逃不掉，不如置之死地而後生」的想法，臨時做出的判斷。

傑羅斯他們就這樣遭到如同怒濤湧來的雪崩給吞噬。

暴雪帝王龍也受到了雪崩的衝擊，不過牠原本就擁有人類無法比擬的巨大身軀，不至於被大量的積雪給沖走。

「吼嚕嚕嚕……」

即使敵人已經遭到雪崩掩埋，這隻龍也沒有放鬆戒備。

畢竟是將身為最強生物之一的自己逼到絕境的敵人，如果這樣就死了，敵人打一開始便不會出面挑戰牠了吧，龍本來就不認為光憑這樣就能打倒敵人。

龍的本能仍敲著警鐘，告訴牠「敵人還活著」，所以牠並未放鬆戒備。

正因為是在嚴酷的自然界生存下來的最強物種，才能理解這一點吧。

就像是在肯定牠的直覺，龍的後方捲起一道火柱。

「哎呀，那傢伙……看來牠不覺得自己已經打倒我們了呢。」

「可惡，要是牠疏忽大意，事情就簡單了……」

「龍被譽為最強物種可不是浪得虛名啊。就是因為經歷過漫長的奮戰，才會連面對弱小的對手也使出全力。更何況我們把牠逼到了這種程度，牠肯定不會大意的。不愧是龍王。」

「就算你稱讚牠，牠也聽不懂人話吧。而且……差不多到極限了吧？」

「看來只能使盡全力了……」

傑羅斯扛起巨大戰鎚，亞特則用力握緊自己的大劍劍柄。

不戰鬥到某一方死亡就無法劃下句點的狀況。

這是賭上了生死的求生戰。

「唔喔喔喔喔喔喔喔喔喔喔喔喔喔喔！」」

「咕吼喔喔喔喔喔喔喔喔喔喔喔喔喔喔喔喔喔！」

雙方怒吼。

傑羅斯他們與暴雪帝王龍同時動了起來，彼此都為了消滅對方而使出全力，做最後的一戰。

雙方都已經虛弱到沒有任何餘力了。

傑羅斯和亞特活用嬌小的體格與速度這些種族優勢，反覆用打帶跑的戰術攻擊對手。

不過只要摸清楚他們的攻擊模式，就能夠應對了，更遑論龍是一種腦筋很好的生物。

「！」

暴雪帝王龍張口襲擊，打算咬住傑羅斯。

亞特立刻朝著龍的背後撲了上去。

可是他的攻擊被龍看穿了，龍迅速扭身避開，同時用長長的尾巴打落亞特。

「咕啊……！」

「亞特！糟……」

看準了傑羅斯分心的瞬間，暴雪帝王龍在極近距離下噴出「狂風吐息」。

兩人都直接吃下了這記攻擊，分別撞上了山壁。

如果不是他們兩個，這攻擊肯定會讓人瞬間喪命。

「咕……呃，不妙！」

陷入岩壁中的傑羅斯眼裡，倒映出巨龍猛力衝來的身影。

雖說龍多半會採取從空中反覆襲擊對手的攻擊方式，但牠們原本是在地面上生活的生物，當然也很擅長在地面上戰鬥。

不，應該說這才是牠們原本的戰鬥方式吧。

「休想得逞，『永恆之槍』！」

亞特在起死回生之際放出雷擊系最強魔法「永恆之槍」，直接貫穿了暴雪帝王龍的側腹，從另一側穿了出去。

——咕喔喔喔啊啊啊啊啊啊啊啊啊啊啊啊啊啊啊啊啊啊啊啊！

龍王的痛苦咆哮迴盪在雪山中。

這恐怕是致命傷吧，巨龍因劇痛而痛苦地打滾。

傑羅斯從道具欄中取出大劍，刺向暴雪帝王龍的喉嚨。

「喝啊啊啊啊啊啊！」

然後順勢猛力地斬裂開來。

大量的鮮血染紅了大地。

「呼……呼……這傢伙比四神……還強啊。根本就是異常個體吧。」

「這種……怪物竟然增加了嗎……這可不是鬧著玩的耶！」

在不習慣的雪山作戰，使得兩人疲憊不堪。

即使獲得了足以弒神的強大力量，基本上他們還是人類。更何況這跟死後還可以復活的遊戲不同。賭上生死，在極限邊緣的戰鬥，無論對精神還是肉體造成的負擔都太大了。

就算身上有堅固的裝備，兩人的精力和靈魂都已經燃燒殆盡，搖搖欲墜。

「如果在遊戲裡，這應該是多人共鬥型頭目吧，不過實際和這種敵人交手還真是要命啊……大叔我年紀大了，腰受不了啊……」

「我是很想回去倒頭就睡……」

「不過還要支解這玩意兒啊……我們一晚不睡做得完嗎？」

「你認真的？」

通常要花上幾天的時間才能支解一條龍。

更何況龍王比普通的龍種還要巨大，至少得花上一個月吧。

不過兩人擁有驚人的力量，不管什麼魔物都能夠瞬間支解，所以就算是大型魔物，也能用驚人的快速步調處理好吧。

只是這樣做會很累。

「……哈哈哈，要是不好好收拾殘局，讓牠成了殭屍龍可就糟嘍？」

「這一點都不好笑……我覺得自己會過勞死。」

「龍王的素材應該可以賣到好價錢吧？肉不知道有多好吃吶？無論怎麼想都是高級素材啊……」

「好！我要賣掉這傢伙的素材來買房子！唯，妳等我啊！」

龍的素材非常珍貴。身上沒有任何需要捨棄的部位，連骨頭和血液都能當作製作藥品的原料。

不過什麼都沒想就賣出去，應該會造成經濟動盪吧。
龍的素材在市場上就是如此的稀有。
「真想在暴風雪來襲前支解完啊……」
不過那也要傑羅斯和亞特帶得回去就是了。
兩人在冬天的雪山裡開始支解巨龍。
拚命地……

◇　◇　◇　◇　◇　◇

『呶喔！』
漂浮在培養液中的「阿爾菲雅．梅加斯」突然感覺到有一股龐大的能量流入自己的身體裡。
這比幾天前流入的能量還要龐大，若以神的位階來看，這能量多得足以誕生出一級神。
相對的，這也就表示這個世界上存有如此強大的生物。
她不知道是怎樣的生物才能保有如此龐大的能量，不過至少她現在能完全建構好自己的身體了。
同時她也感受到來自外界的能量開始流入她的體內。
『吾的核心也順利地開始運轉……處理能力也提高了。這麼一來就能比之前取出更多存於阿卡夏紀錄中的情報了。不過有這麼多的能量流入，表示世界扭曲的狀況已經非常嚴重。根本脫離生物的法則了啊……』

即使能夠存取阿卡夏紀錄，重要的中樞程式仍在四神的掌控下。要讓這個世界恢復正常，就得從四神的手中奪回管理權限。

換個說法就是在奪回程式之前，她閒到不能再閒了。

阿爾菲雅立刻使用擴充後的能力，存取阿卡夏紀錄，試著從龐大的情報集合體中搜尋特定的情報。

『喔喔，這麼一來就可以從其他世界看動畫跟電子書看到飽啦。嗯嗯嗯，甚好甚好！異世界的娛樂最棒啦！』

她完全變成一個廢人——不，廢神了。

甚至忘了自己所扮演的角色——

地球的娛樂在異世界，是連神都能迷倒的猛毒。

『喔，不行、不行。連結神域……唔，防護程式還沒解開啊。大約45％嗎。也罷，只要能存取這個行星的聖域權限……』

所謂聖域，是行星管理與監視系統領域。也就是在特定條件下可能會有生命誕生的行星上，自動架構起來的觀測者終端領域。為了維持環境與收集情報而存在，同時管理並列的現象時間軸。

在一個行星上產生的歷史，會因為各式各樣的條件而出現分歧，產生幾乎可說是無限多的平行世界。而這就是為了收集各個世界的情報而存在的領域。

把聖域當成是出現在某黑暗神話體系中的神那樣的存在就可以了。也就是說聖域是無所不在，人類卻又無法認知其存在的場所。

雖然這是題外話，不過管理這聖域一切的高次元領域稱為「神域」。

再拉回原本的話題，聖域有時也會出現錯誤。

偶爾會有所謂的邪神或魔王接觸聖域，造成異常現象。出現異常個體的世界，靠世界的法則無法消滅這些異常。有效的對應手段是利用其他次元的法則力量來抵銷並封滅異常。

這就是所謂「勇者召喚」的基礎，也是一種抗體系統。

原本勇者們的力量會配合要守護的世界法則加以調整，避免異世界的法則擴散開來，但這也無法保證絕對不會擴散。

所以受召喚前來的勇者，無論是以怎樣的形式，一旦在任務結束後，就必須回到原本的世界。

然而最糟糕的就是召喚到這個世界的勇者人數隨便算都超過了上千人，系統遭到無法歸還的靈魂持有的異界法則侵蝕而出現了錯誤。

抗體系統逆流，引發無法預測的事態。

要完全回收他們的靈魂，必須讓阿爾菲雅成為完全體並掌控神域。

為此必須從四神手中回收封鎖程式的主程式碼原料，可是四神現在窩在聖域裡頭不出來，所以阿爾菲雅目前也無法處理這個狀況。

為了找出對策，她也還需要蒐集更多詳細的情報。

『唔……那些傢伙，徹底封鎖了聖域啊。不過既然這個世界的系統仍在運作，就還有很多方法。吾跟之前可不一樣嘍！』

召喚勇者的抗體系統是維持環境的系統之一。

既然抗體系統失去控制，正在竄改自然法則，也就表示她可以利用這個原理，駭進聖域系統。

『侵蝕程式……分析資料，這可麻煩了吶。看來得花上一點時間才能掌控聖域。創造出吾的觀測者究竟在想什麼？這樣要是發生意外，不是會拖延到修正作業嗎……』

森羅萬象都處於自動管理下的世界。

也就是說，若是在沒有系統管理者的情況下有了什麼不測，就沒有人能修復錯誤，世界將逕自崩解，是個完全沒有轉寰餘地的世界。

更何況是用來執行修正作業的系統本身壞掉了，根本無計可施。

四神只把重點放在管理行星上，儘管手裡握有管理碼，她們也沒有能力修復法則。

如果真的是管理者，應該會察覺到這件事才對。

『唉，以那些傢伙的性格來看，即使有能力，也未必會加以修復吧……』

觀測者(神)基本上都很隨性，可是即使說維持世界是祂們的本能也不為過，而且祂們相當服從這個本能。以這層意義上而言，創造出阿爾菲雅的創造主算是相當特殊的案例。

『……仔細想想，會弄成這種系統，是因為要自己管理太麻煩了吧。要是沒有被分配去管理其他世界，吾的創造主恐怕是打算當個懶散的家裡蹲吧？』

無論哪個觀測者，基本上要做的事情都差不多。

然而因為能力與個體差異，使得管理者們具有各式各樣不同的性質。有些管理者會和大量的下屬一同管理世界，也有人會一肩扛起管理責任。有複數觀測者同時管理一個世界的情況，也有只靠必要的少數下屬來管理世界的觀測者。

這個世界的創造主為了偷懶而打造了完全自動管理系統，然而諷刺的是，祂卻因為建構世界的能力太優秀，獲得讚賞而升職了。

所以祂必須立刻找到繼任者，可是祂封印了外觀失敗的邪神（阿爾菲雅），急就章地創造了四神。

阿爾菲雅從過去翻出現象管理情報，結果再次確認了她的創造主個性有多隨便這件事。畢竟她在調查時心中還是多少抱著一點希望，現在更是失落。

『……吾竟是因為這麼無聊的理由而誕生的啊。』

每天都會在腦海中浮現一次的心靈創傷，讓年幼的女神垂頭喪氣。

自己誕生的理由太慘，她連想生氣都氣不起來。無聊也該有個限度吧。

即使如此，阿爾菲雅還是帶著有些鬱悶的心情，持續打造入侵聖域系統伺服器用的病毒程式。真是悲慘——

諸神真的是很任性的存在。

◇◇◇◇◇◇

「好，已經解開百分之四十五的防護程式了。」

「確認受理緊急特例。從現在起，神域的管理者權限將移交給『阿爾菲雅・梅加斯』。將優先順序——（無法發音）——次元領域，座標R@Σ12b※……星系，第三行星。轉換至修正現象系統上。」

「聖域不行呢。因為管理碼在另一邊，不管怎樣都破解不了防護程式。」

「不過還是有進展喔？拜另一邊的次世代覺醒所賜，這邊的防衛程式也解除了，基於不信任管理者誘發的權利剝奪事項已經開始正常啟動了。」

對以路西菲爾為首的這些後勤人員們而言，託付給四神的管理碼各自分成了四份這點真是萬幸。這讓祂們透過系統的些許破綻，成功掌控了神域的系統。

阿爾菲雅・梅加斯過去作為邪神活動時，便執著地追殺著四神。

她的目的是奪取管理碼。儘管沒登錄在系統上，但阿爾菲雅當時確實擁有觀測者的能力，不過她無法充分活用那些能力。

理由是管理碼分成了四份、存取系統的權限受限，以及她的能力遭到了封印。

不過現在的她身上沒了那層封印。就算沒有管理碼，只要多花點時間，還是能夠掌控世界。

然而還是有無法輕忽的問題在。

目前她所在的行星周遭，次元的平衡相當不穩定，一個行星的消滅，很有可能會給並行世界造成莫大的損害。更何況受召喚來的異世界人靈魂干涉了此處的現象，使得世界法則徹底崩壞。已經沒時間可以浪費了。

現在正處於只要稍稍弄錯掌控系統的順序，就可能導致一切崩毀，有如走在鋼索上的危險狀態。

「儘管這手段有些強硬，也只能干涉現象，藉此去掌控聖域的系統了。照這樣來看，掌控神域系統的作業應該會早一步完成，結束後再來駭入……」

「喂！那樣一個不小心，會對並列世界造成影響喔！真要說起來，我們沒有足夠的情報處理能力。光靠現在的我們是無法對應的。她是叫阿爾菲雅嗎？在她奪回管理碼之前，我們先按兵不動比較好。」

「修正部分現行作戰。當無法干涉聖域時，不可消除管理碼。認同奪取管理碼為現時間點的有效手段。」

「畢竟她們逃進了一個難搞的地方啊。說不定可以採取強行介入的手段，不過真要做就是得下定決心賭一把了。」

「嘖！有夠麻煩的……失敗會被滅薪啊。煩死了～為什麼會把主程式碼交給行星上的發生神啊！」

在這段對話中，威爾薩西斯有些誤會了。四神並不是發生神。

不過先不提這件事，既然主程式碼在四神手上，不花上大把時間繞道，就無法入侵系統，很難移交管理權限。

這四位神與使徒得出了和阿爾菲雅一樣的結論。

「沒辦法了嗎……那麼，快點解放神域，和次世代完全連線吧。她雖然也具備處理能力，但並非能使用系統所有功能。」

「你平常明明很粗暴，可是做事態度很認真耶。」

「現在不是扯這種事的時候吧！快動手！」

只不過是一個行星。然而一個行星卻如此重要。

諸神們與其下屬至今從未想過，會因一個行星的消滅問題而如此無所適從。年輕世代很少有機會需要處理這麼緊急的案件。

所以祂們也沒什麼應對手冊可以參考，實際動手處理狀況的經驗也不多。

祂們把最糟糕的狀況也設想在內，拚命地試著駭入系統。

畢竟要是這個世界的現象崩壞，得率先下來收拾殘局的也是祂們……

◇◇◇◇◇◇

「嘿嘿嘿……我看見了，溫暖的房間與好吃的飯……」

「亞特！不准睡，睡下去你就死定了！」

大叔他們在支解暴雪帝王龍的途中遇上了大風雪。

兩人雖然用少量魔力打造了圓頂雪屋，在那之後仍拚命地進行支解作業，但事情還是沒那麼容易搞定。在他們支解了約三分之二，只剩下一點點的時候，風雪變成了暴風雪。儘管方才的戰鬥讓雪山的某些地方化為了焦土，冬天的雪山依然在轉瞬之間，將燒毀的大地變成了一片極寒凍土。

人類造成的轉瞬地獄在自然界的強大威力之下毫無意義。他們暫時停下了工作跑去避難，可是不知道暴風雪何時才會停歇。

更重要的是亞特很危險。

「糟糕……這狀況真的不妙啊。」

「……啊啊……唯在河的另一頭對我招手。我得過去……不然會被殺。」

「不，你不可以過那條河喔？而且唯小姐還活著啊！」

亞特的疲勞已經到了極限。

持續了三天三夜的戰鬥大幅削減了他的體力與精神力。

魔力也所剩無幾，更因為一直在極寒的雪山進行支解作業，亞特的意識正打算踏上前往涅槃另一頭的旅程。

「嘖……氣溫一直下降。又沒有東西可以燒……而且要是風雪讓龍肉結凍了，也無法繼續支解。」

「……唯，那艘小船的船伕是誰？他的臉色跟加○拉斯人一樣鐵青耶……還有那邊那個阿婆，她為什麼用火熱的眼神看著我……」

「那該不會是孟婆吧？是說為什麼唯小姐會出現在忘憂河啊？」

亞特正打算前往更危險的地方。

大叔不知道那究竟是幻覺，還是亞特真的看到了死後的世界，但是大叔對這危險的徵兆無計可施。畢竟這不是異常狀態。

不是用魔法藥就可以解決的問題。

「住、住手……不要過來！不要用那種少女的眼神……看著我！」

「啊，孟婆迷上你了啊。抱歉，我救不了你，原諒我……」

「不、不不……不要脫我的衣服呀！阿婆，妳怎麼這樣！妳到底想對我做什麼？呃！你們又是誰，放開我！」

「……被亡者抓住了嗎？難道是跟孟婆串通好的？他們是想推倒死去的帥哥嗎？總覺得這發展很不得了呢。」

亞特正如字面所述，處在生死關頭。

看著他的模樣，大叔卻只是悠哉地抽著菸心想著：「帥哥真辛苦啊～」

「阿、阿婆！妳不要脫我的衣服啦！不行……那裡是……」

「我聽死去的祖母說過那就是她的工作呢。在各種意義上事情的發展都進入高潮啦……」

一旦睡著就會沒命。

在幻覺中則是身為一個男人快要完蛋了。

依據幻覺的發展，他的精神也會崩壞。

只要跨過那條線，就再也不是人了。

要是回不來就全都沒戲唱了。

亞特人生的結局已經徹底聽牌了。

「住、住手……唯！這不是……這不是我劈腿！救救……嗚啊！」

「…………被捅了。那該不會是唯小姐的生靈吧？哈哈哈……因為很有可能真的是這樣，所以超可怕的耶……」

亞特一動也不動。

就連大叔都不禁心想「他這下應該死了吧？」並擔心起來。

「嗚哇啊啊啊啊喔喔！」

「喔喔，嚇我一跳……」

亞特突然跳了起來。

他平安的從地獄活著回來了。

「好……好險。差點就要在忘憂河前被唯超渡了……」

唯就連在亞特的夢中都會出現，只能說她真的愛亞特愛到甚至能化為生靈附身在亞特身上了，但大叔實在不知道該說些什麼。

雖然大叔也不得不讚賞唯這就算是地獄也要追去的氣魄。

「在我的意識逐漸遠離身體時，唯對著我說『阿俊……我不會讓你逃走的喔』……她之所以搭上忘憂河的渡船，是不想讓我上去嗎？」

「我真的開始覺得那是生靈了……她應該不會讓你輕易的死去呢。」

「不要說這麼恐怖的話啦！」

即使快死了，唯的思念仍附在亞特身上。

這過於沉重，如同執念的愛情，令人不禁背脊發涼。

總而言之，亞特從死亡深淵活了過來。

「好了，既然亞特你也復活了，我們差不多該繼續動手支解了吧。」

「不，我可是差點沒命了耶？直到剛剛都真的只差一步就要翹辮子了喔？」

「我們還有三分之一的支解工作要做。反正就算走上黃泉路，唯小姐也會強行帶你回來，一定沒問題的。」

「你的意思是叫我多被捅幾刀？阿婆太可怕了，我不想下地獄啊……」

「不要閉上眼睛就沒事了。我有過最多整整一週都沒睡的經驗，死不了人的啦。大概……」

「這可是在暴風雪中耶！丟下這三分之一不管也沒關係吧！」

「我想做龍尾湯嘛。我想龍吃起來應該挺美味的。如果能讓唯小姐也喝上一口的話，應該可以增加不少好感度喔？」

「好，我來！她要是真的跟我跟到地獄來那確實很不妙。再說肚子裡的小孩也需要營養……」

比起在極凍環境下的支解工作，亞特更怕能在身後感覺到的某種不明事物。

大叔也覺得好像有一瞬間看見了唯拿著菜刀，微笑著的身影出現在亞特身後。

而且那身影鮮明到讓人不禁想揉揉眼睛。

『那、那是我的錯覺吧？希望是錯覺……』

在這之後，兩人在風雪吹襲的山間不顧一切地進行支解工作。

兩人的體溫愈來愈低，甚至有好幾次徘徊在死亡邊緣，幾乎失去意識，不過他們還是憑著志氣與毅力，以及不明的恐懼感撐了過來。

雖然這是題外話，不過當傑羅斯也差點落入黃泉時，唯出現在他的面前，笑著說：「傑羅斯先生，請你別讓阿俊落單喔？如果他死了，我絕對不會饒過你的喔？我會追著你下地獄的。」

這個世界上，似乎有些無法用科學來解釋的現象。

後來兩人持續進行支解工作直到隔天早上，連休息的時間也沒有，就這樣在遍體鱗傷的情況下踏上了歸途。

◇◇◇◇◇◇◇

「叔叔他上哪去了啊？」

「不知道。哎呀，反正大叔沒那麼容易死，應該沒問題吧。」

伊莉絲邊反覆打出正拳邊嘀咕道。

在一旁看著她的嘉內，開口回應了持續進行著格鬥訓練的伊莉絲的自言自語。

傑羅斯和亞特出門到現在，前前後後過了四天。

時間已經來到傍晚時分，像是烏鴉的鳥兒正吵鬧地鳴叫著飛過去。

因為多少知道傑羅斯強得不像話，在場的女性同胞們也不怎麼擔心他，不過消失了整整四天，還是讓人有些在意。

「都已經過了差不多四天了，我有點擔心呢。」

「哎呀，路賽莉絲小姐可是很老實地在擔心喔？嘉內妳也這麼老實的話……」

「妳這話是什麼意思！」

雷娜難得出現於此。

手裡還不知為何拿著知名甜點店的蛋糕。

「雷娜小姐……妳買蛋糕的錢是哪來的？」

「我去賺了一點。不是什麼來路不明的錢，妳們不用介意啦。」

「「……」」

雷娜是個嚴重的正太控。

所以她們是不認為雷娜會去賣身賺錢，可是雷娜也不是那種會去做正常工作的女性。

伊莉絲和嘉內直到現在還是不知道她到底是怎麼弄到錢的。

這兩人從未想過雷娜其實在私底下是個出了名的賭徒。

「就算他們兩個再強，還是人類啊？要是太亂來，也難保不會有生命危……啊？」

雖然嘉內她們完全不擔心傑羅斯等人，但只有路賽莉絲不一樣。

正當她要出言反駁時，看見兩個虛弱的人影走在教會旁邊。

雜草被風捲成一團，隨著塵埃一同滾向遠方。

他們腳步沉重地踩在磨損的石板路上，互相支撐著對方的肩膀一步一步往前走，從那身影可以看得出兩人都相當的疲憊。

「咦？傑、傑羅斯先生？」

「「咦咦？」」

儘管模樣相當悽慘，但那毫無疑問的是傑羅斯和亞特。

「……亞特。再……再撐一下就可以休息了。在那之前要……」

「嘿嘿嘿……我已經不行了。拋下……我吧。我的意識……已經……」

「別說傻話了……在這種地方睡著……臉上會留下石板痕跡的喔！」

「無所謂……我……只想解脫……」

看起來簡直像是戰爭片裡會出現的橋段，但其實兩人只是累垮了非常想睡。

路賽莉絲等人跑到他們身旁。

「傑、傑羅斯先生？你沒事吧！」

「這不是路賽莉絲小姐嗎，沒事的……我只是這幾天都沒睡。」

「不，那樣根本就不是沒事吧。而且你們的模樣很悽慘耶！到底是跟什麼交手了？」

「只是稍微……跟龍……打了一下。呵呵呵……是很難纏的對手喔。」

「「「……………啥？你、你說龍？」」」

傑羅斯他們就這樣平安地回來了。

在眾人的驚訝中，傑羅斯拖著亞特走向自家玄關，並在打開門走進家裡的同時用盡了力氣。

兩人在那之後完全睡死，醒過來的時候已經是隔天午夜了。

第二話　大叔又創造出了危險物品

巨大身軀掌控了陰暗的天空。
全身覆蓋著如結凍冰塊般閃亮的鱗片，其實力不容任何對象接近的絕對王者。
君臨生物的頂點，帶來的壓迫感完全符合王之名。
龍——位於其頂點，帶有壓倒性的神聖感，完全能夠理解牠為何被稱為龍王。
暴雪帝王龍睥睨著地面上的兩位愚者，展現出自身力量的威猛。
『可惡！那傢伙不打算下來嗎！』
『牠不想捨棄自身的優勢吧。嗯，這也是當然的……不過真虧牠那麼大的身體飛得起來。牠的魔力是無窮無盡的嗎？』
開始作戰後數小時。
儘管傑羅斯他們拚命地用魔法攻擊，還是無法將飛翔在空中的龍給拖到地面上。
更大的問題是牠使出的攻擊。
『啊，凍氣開始凝聚在牠的周遭了，要來了喔！亞特，小心啊！』
『唔喔喔喔喔喔喔喔喔喔喔喔喔喔喔喔？』

——轟隆隆隆隆隆隆隆隆隆隆隆隆隆隆隆隆隆隆隆隆隆！

以凍氣冰凍、凝結大氣中水分，巨大的冰槍灑落地面。

未被踏實的積雪因衝擊而擴散到空中，將周圍染成一片雪白。

這威力簡直跟轟炸沒兩樣。

粉碎的冰塊化為散彈襲向傑羅斯兩人，讓他們或多或少受了一些傷。

『別瞧不起人了，吃我這招！』

亞特從道具欄中取出幾支鐵樁，展開魔法陣。

他手中的鐵樁分別飄浮在魔法陣前，纏繞著電氣。

『「超電磁砲」！』

在電磁牽引下高速射出的鐵樁化為砲彈，直直逼近暴雪帝王龍。認為可以靠這招分出勝負的亞特，臉上露出了得意的笑容。

然而那巨大的身軀卻以不合理的機動力躲開了這些超高速砲彈。

而且還是用了桶滾這種高超的飛行技巧。

『騙人的吧？那麼重的巨大身軀怎麼辦得到那種事啊！』

『牠完全看穿了你的攻擊。還順便張設了魔法屏障呢。即使能打穿屏障，我看牠也用了強化魔法來增強原本就很堅固的鱗片硬度，就算是超電磁砲，應該只能稍微打傷牠吧……』

『雖然以前曾經花上整整一天挑戰多人共鬥型頭目，可是這遠在那之上啊。原來現實世界這麼不一樣嗎……』

『不管怎麼說，「Sword and Sorcery」畢竟是遊戲，不會設計出玩家打不倒的魔物啊。看來這會是一場硬仗吶。』

『竟然把這麼麻煩的任務推給我們……我們真的打得贏嗎？那種怪物……』

明明有如同轟炸機一樣的巨大身軀，卻像戰鬥機那樣的靈活。

這完全跳脫生物框架的存在令人無計可施，即使擁有以最強大的攻擊力為傲的改造魔法，也很難在牠靈巧的動作下順利擊中目標。

更重要的是傑羅斯他們在地面上。他們只能持續在沒有掩護的情況下，暴露在空中的攻擊範圍，一邊逃跑，一邊等到暴雪帝王龍的魔力用盡。

雖然早就做好了長期抗戰的覺悟，可是麻煩的程度遠超乎他們的想像。

『啊……這下不妙。』

『那該不會是……』

暴雪帝王龍擺出準備使用吐息的姿勢。

但那不是一般吐息，周遭不知為何浮現了好幾面以冰打造成的鏡子。

兩人對這樣的攻擊方式心裡有底。

——咕唔喔喔喔喔喔喔喔喔喔喔喔喔喔喔喔喔喔喔喔！

隨著咆哮放出的吐息在途中擴散成好幾道，並在冰鏡反射下，朝傑羅斯等人所在的山頭撲去。

亞特和大叔拚命逃跑。

其威力過於驚人，瞬間炸飛了一座小山的山頂。

『我受夠了啦————————！我想回家！』

『那傢伙真的會放過我們嗎～畢竟龍的個性很執著呢……』

『你為什麼這麼冷靜啦！』

被爆風炸飛，正在向下墜落的傑羅斯兩人真正面臨到了死亡危機。

只要在選擇上出了一點差錯，就難逃一死的危險狀態。

他們反覆進行了好幾次這樣的戰鬥。

「——大概經歷了一場像這樣的戰鬥呢。真的暫時都不想再戰鬥了。」

「「「這一般來說早就死了吧？光是你們能活著回來就已經是奇蹟了！」」」

討伐暴雪帝王龍返家後隔了兩天。

伊莉絲等人趁著調劑和調配的空檔，問傑羅斯他們到底去做了什麼，卻因為狀況太誇張而異口同聲的開口吐槽。

說起來，光靠兩人挑戰龍這種生物，根本是自殺行為。

在正常情況下，想要打倒一條龍，雙方是有著即使投入整個國家的戰力，都不一定能夠戰勝龍的戰力差距。

如果是龍王等級，根本就無法估算所需的戰力。

一般來說是不可能像某款狩獵遊戲那樣，單憑一人就打倒巨大魔物的。

「呵呵呵……我還是第一次體會到什麼是絕望呢。因為亞特一直說些喪氣話，反而讓我能夠保持冷靜吶～……」

「叔叔……你的眼神毫無生氣喔？」

「當然會變得毫無生氣啊……因為那真的……是地獄。我不想再跟那種怪物交手了……嘿嘿嘿，我只要閉上眼睛，就會看見那傢伙的身影……就連在夢裡都被牠追著跑啊。」

「亞特先生也很慘呢。你們為什麼要做這麼亂來的事情啊？」

「「…………」」

兩人沒回答雷娜的疑問。

要是這時候說出「是接了神的委託，才跑去跟龍王大戰一場」這種話，雷娜她們可能會懷疑這兩人是不是瘋了。

更何況兩人沒打算說出真相。畢竟知道阿爾菲雅存在的人是愈少愈好。

「我們一個不小心踩進牠的地盤裡了，畢竟龍是種相當執著的生物……」

「不是，如果是你們，應該逃得掉吧？我不覺得有需要連續打個三天啊……」

「我也明白嘉內小姐想說什麼。不過龍的心胸沒有寬大到會放過可能會對自己造成威脅的生物。應該是因為我們有點強，所以才會被牠視為威脅，企圖除掉我們吧。」

「說什麼有點強……我覺得傑羅斯先生你們已經強得超過人類的範疇了。」

「對龍來說弱小的存在是食物。夠強的就是威脅，所以一旦被牠發現就完了。」

大叔一邊強調關於龍的正確知識，一邊稍微轉移了話題的方向。

龍會為了排除入侵自身地盤的強敵而行動。這是身為野獸的習性，也是為了保護物種的行為。

另外，由於牠君臨於生態系頂點，並不歡迎來自外來的捕食者。不如說牠甚至會為了保護自己的糧倉而執拗地攻擊外來的捕食者。

反過來看，這也可說是一種調整生態系平衡的行為。

「雖然很感謝你幫我採了雪綻草根回來，卻沒想到你們竟然經歷了這麼大的一場冒險……請問你們打倒那條龍了嗎？如果打倒了，應該是足以稱為英雄的壯大事蹟……」

「呵……別說傻話了。路賽莉絲小姐……我們怎麼可能贏得了那種怪物呢。我們只是一邊逃跑，一邊拚命地搞些小把戲，讓牠煩到放棄而已。」

「是這樣嗎？我還以為你們一定打倒牠了……畢竟傑羅斯先生感覺就做得出這種事。」

「妳對我的認知究竟是……大家到底是怎麼看待我的啊？」

「就是說啊，路……即使是大叔，也不可能只憑兩個人就打倒龍吧。假設真的辦到了，那他們就已經不是人類了。」

「綜合我從伊莉絲小姐那兒聽來的內容，我以為你們是不管會不會造成他人的困擾，會喜孜孜地去挑戰強大魔物，不要命的人。不是嗎？」

傑羅斯不能在這裡說出他們打倒了龍的事。而路賽莉絲對他的認知也確實有部分吻合，讓他無法否認。

『叔叔……其實你們打倒了吧？』

『妳在說什麼啊？』

『想裝傻也沒用。畢竟根本無法從龍手底下逃跑，而且叔叔你們一定會喊著「呀呼～♪」然後喜孜孜地衝上去找龍單挑啊。』

『伊莉絲小姐，我想我有需要好好地跟妳談一談呢……我可是和平主義者喔？』

『哪裡是？』

雖然伊莉絲問到了重點，但至少大叔嘴裡可沒喊著「呀呼～♪」什麼的。

他沒有那麼喜歡戰鬥，更何況這次是來自神的委託。

很遺憾，不過這不是他能隨便洩露的事……

更何況他也說不出前任邪神就在地下倉庫這種事。

——砰！

「唔喔，怎麼了？」

正在調配魔法藥的亞特，因為突然爆炸而驚叫出聲。

所有人被那道聲音吸引，集中目光。

「亞特，不要嚇人啦……」

「抱歉……我一時失手，混進其他藥品了。沒想到會爆炸……」

「我記得你說你要調配植物營養劑吧。到底是混了什麼進去？」

「這個是『荒楠木』的皮吧。我加太多了。到底變成了什麼呢……」

「你要不要鑑定看看？」

「畢竟要是做出什麼怪東西就不好了，我試試看吧……」

＝＝＝＝＝＝＝＝＝＝＝＝＝＝＝＝＝＝＝＝＝＝＝＝＝＝＝＝＝＝＝

【男性荷爾蒙強化藥】

只要喝下這個，你也能立刻擁有強健的男子漢體型！

不過這不是肌肉強化藥，不會讓你變成雄壯猛男。請自己鍛鍊身體。

不建議女性服用。危險。

『唉～……喝了也不會長出下面那根嘛。我本來是想為了那女孩變性成男人的說……』

＝＝＝＝＝＝＝＝＝＝＝＝＝＝＝＝＝＝＝＝＝＝＝＝＝＝＝＝＝＝＝

「「…………」」

真的做出了危險的東西。

「……我剛剛好像聽到了某人的聲音……？」

「鑑定的時候偶爾會聽到喔。是說這玩意兒終於出現了啊……待會兒告訴我調劑配方吧。」

「……你還是老樣子，喜歡蒐集道具啊。」

以前庫洛伊薩斯曾經調配出「女性荷爾蒙強化藥」。

和那個藥劑相對的藥劑終於誕生了。

「上次是『女性荷爾蒙強化藥』呢。後來利用那玩意兒做出了能變性的藥，我想這個應該也能如法炮製吧。」

「你……到底做了什麼啊。」

「那不是我做出來的喔。我只是利用它做出了變性藥……」

以前庫洛伊薩斯調配出的女性荷爾蒙強化藥。

他從這種強化藥研發出了隆乳藥與變性藥。

隆乳藥的藥效時間很短，如果喝下沒有稀釋過的原液，就會被脹大到遠超過金氏世界記錄等級的胸部給壓垮，甚至有可能會因此喪命的危險物品。

變性藥則是僅限變性為女人，能讓男人變成女人的藥物。

喝下原液的話，變性後就無法復原，而稀釋過後的短期變性藥則是可以反覆使用的有趣藥劑。這也讓大叔遇上了慘事。

「哎呀，也不知道能不能做出可以變成男性的變性藥，就試試看也無妨吧。」

「你還真有挑戰精神耶……」

大叔立刻開始實驗。

然後變性藥（僅限變為男性）便出乎預料地立刻完成了。

看到這個，有人的內心起了波瀾。

是伊莉絲。

「伊莉絲小姐，妳怎麼了？妳的目光游移不定喔。」

「……哎、哎呀～因為我以前去伊斯特魯魔法學院時，曾經偷偷讓叔叔喝下變成女性的變性藥嘛……我怕他會報復我……」

「伊莉絲……妳怎麼這樣……」

「叔叔看到自己的外表變得和姊姊一模一樣，還鬧著要自殺，真的很不得了……」

「……看來他是打從心底痛恨他姊姊啊。伊莉絲，天底下還是有分可以做跟不能做的事情喔？」

「嗯，我有反省了。不過我並不後悔！」

伊莉絲用莫名地很男子氣概的表情斬釘截鐵地說道。臉上確實沒有半點後悔的樣子。

「所以說，變成女性的傑羅斯先生怎麼樣？」

「咦？路賽莉絲小姐，妳也有興趣嗎？是個超～級大美女喔？」

「……這樣我倒是有點想看看呢。」

「不是，既然他會想自殺，所以不行吧！妳還記得自己剛剛說了什麼嗎？雷娜……」

畢竟事不關己。

正在實驗器材前繼續調配藥劑的傑羅斯，感到背後傳來了熱情的目光，「……她們想看我變性成女人？」大叔在心中如此認定。

可是變性成女人，對大叔來說意味著死亡。

路賽莉絲等人的期望，等於是在叫傑羅斯「去死吧」。

『畢竟有過前例了，要調整濃度也很輕鬆呢～』

他刻意忽略這件事，專注在調配上。

大叔之前製作過讓男變女的變性藥，所以手邊備有能用來稀釋男性荷爾蒙強化藥的稀釋比例資料。

他以這些資料為基礎，一邊比較實際的調整狀況，一邊在筆記上做記錄。

結果稀釋品的量比起女性荷爾蒙強化藥的更少，他製作了幾個樣品，加以鑑定並貼上標籤。

「男性荷爾蒙強化藥還是不要隨意販售比較好。感覺一個不小心就會惹出大麻煩。」

「嗯，這不是用一句惡作劇就能敷衍過去的問題。你可別讓我喝喔？」

「讓亞特你喝了也沒用吧。真要讓人喝的話，就該找……」

大叔不知為何看向諸位女性。

這表示他想讓女性服用後加以驗證，而眼前有四名符合條件的對象。

最害怕的人是伊莉絲。

「……妳們要不要喝喝看可以短時間變為男性的變性藥？」

「你果然想找我們做實驗嗎！」

「我沒有想過要轉換與生俱來的性別呢。雖然有點好奇，但我畢竟是神官……」

「我也不了。我……一點都不想看變成男性的自己。」

「嘉內，妳的臉很紅喔？妳是想像了什麼啊？我也不用。因為變成男人就無法跟可愛的小男生享樂了……」

路賽莉絲、嘉內、雷娜這三人都婉拒了變性藥。

儘管當初伊斯特魯魔法學院的學生們都喜孜孜地嘗試，不過很難說這是因為她們的想法與眾不同，還是這些身為研究員的學生不正常。

對大叔來說，不能進行實驗實在太可惜了。

「……既然這樣，亞特……」

「我拒絕！這樣我很有可能會被誤會的唯給一刀捅死。畢竟她對女性的味道很敏感。而且那不是你剛剛做出來的變性藥吧！那是讓男變女的變性藥吧？顏色不一樣喔。」

「不是，我只是想說讓你先變性成女人後，再喝下可以變成男人的變性藥，可能就會恢復原狀了～不過話說回來，原來如此啊，改變性別也會造成體味變化啊。我沒想到這點呢。」

「我好不容易活著回來了，不想參加這種要賭上性命的實驗！」

實驗品——也就是亞特拒絕了大叔。

既然找不到活祭品——不是，是無法做臨床實驗，他就無法確認藥品的安全性和效果。

儘管剛剛他才說不要隨意販賣比較好，但身為一個可疑的流動攤販，大叔還是想確實地掌握藥劑的功效。

「伊莉絲小姐，還是請妳來當活祭品——說錯了，犧牲——不是，可以請妳協助我的實驗嗎？畢竟之前妳也讓我變性成女人了，我想妳應該可以幫我一下吧。」

「你剛剛說了活祭品和犧牲者對吧？一般人會做出這種踐踏他人尊嚴的事嗎？」

「說這話的當事人妳不就做過嗎。妳就算變成偽娘也沒什麼關係吧。只讓別人犧牲，自己卻留在舒適圈裡，這道理說不通喔～」

「唔……被你這樣一說，我也無法反駁。」

伊莉絲過去犯下的錯重重地打了她自己的臉。

話雖如此，她雖然對變性有點好奇，還是沒有勇氣去實踐。

『偽娘？』

而在伊莉絲身旁的雷娜，眼中散發著危險的光芒，然而並沒有人察覺到這件事。

『伊莉絲變性……偽娘。這是什麼魅惑又甜美的詞彙……』

雷娜打開了幻想的開關。

『……如果伊莉絲是男生，一定是個美少年吧。不過，在她不情願的情況下，硬是逼她變性這種事…………好像也是可以。』

雷娜本來就沒什麼道德觀念。即使有，也和一般人的常識相去甚遠。

尤其是聽到美少年這三個字的時候，她腦中的常識便會瞬間消失。

而且她是絕對不會放過自己看上的獵物，狩獵對象僅限於少年的獵人。

『她現在正好是對男孩子的身體充滿興趣的年紀吧？那麼藉由宣洩她心中的好奇心，就能防止猥褻未成年者的行為發生！這都是為了伊莉絲！在她因為對性的好奇而犯下過錯之前，我必須指引她走上正確的道路！』

雷娜找了很多理由來合理化自己的行為。

以前就說過很多次了，雷娜做的事情完全是犯罪行為。

不過她就是一個非常忠於自身欲望的人。

「……嚇嚕。」

「「！」」

大叔跟嘉內終於發現了事情的危險性。

將少女變成少年這件事，讓變態（雷娜）以同性別為藉口，擴大了守備的範圍。

「伊、伊莉絲！雷娜那傢伙看上妳了喔！」

「咦？咦～？我是女生耶！在雷娜小姐的守備範圍外吧？」

「那僅限於沒有可以變為男性的魔法藥的情況下喔。伊莉絲小姐妳的年紀在雷娜小姐的守備範圍內。如果變性了，會怎樣呢？」

「呃！這藥不可以給雷娜小姐吧？」

伊莉絲總算察覺到了事情的嚴重性。

然而為時已晚，她已經被盯上了。

「傑羅斯先生……就算是我，也沒有那麼不知節制喔。」

「喔，這我倒是第一次聽說。」

「……不過，伊莉絲畢竟是女孩子。我想她對異性的身體還是很好奇的。可是她去襲擊男孩子的話，一般來說是會構成犯罪的。」

「雷娜……妳就算硬找理由，也想對伊莉絲下手嗎？而且說別人之前，妳自己才是罪犯吧。」

「嘉內，拜託妳別把人家當成變態啦……我只是想對伊莉絲施以清純又正確的性教育而已喔？」

「「具體上來說呢？」」

大叔和嘉內反問感覺快失控了的雷娜。

「我只是想把伊莉絲變成男生，手把手地親身教導她生命的奧祕。怎麼樣？很健全吧？」

「「哪裡健全！妳只想順從自己的欲望吧！別說健全了，根本淫穢不堪！」」

雷娜完全不打算掩飾了。

不如說她公然宣告的模樣，讓她明明是個女性，卻顯得很有男子氣概。

「雷、雷娜小姐？妳該不會因為想對我這樣那樣，所以打算強行讓我變性……」

「傻孩子，我怎麼可能會這麼做呢。」

「說得也是……妳是開玩笑……」

「我只是意識到如果雙方原本都是女性，就不構成犯罪了。畢竟本來就能一起洗澡……」

「這絕對足以構成犯罪喔？在強迫他人的當下就已經是騷擾行為了喔！妳到底有多不知節制啊？」

「有什麼關係。反正我們都是女的啊。」

「從改變性別的瞬間開始，我就是雷娜小姐的獵物了吧！從那個時間點起，同為女性的這道牆就已經被妳粉碎殆盡了吧！」

雷娜失控的執著心已經突破天際。

大叔發現自己在非常不妙的對象面前做出了危險物品，後悔萬分。

「亞、亞特！把這些藥全都拿去回收！不可以讓這惡魔藥劑落入變態手中！」

「喔，好……（又出現了很不得了的變態……我原本還以為她是正常人的……）」

「休想！我無論如何都要得到那個魔法藥！」

「妳以為我會同意嗎？為了伊莉絲，我絕對會守住這裡！」

「嘖，嘉內……妳果然會擋在我面前啊。好，我們就在這裡一決勝負吧！」

變態以及具有正常道德觀念的人之間的激烈戰鬥，現在正要開始。

「沒用的！沒用沒用沒用！沒有人可以阻擋我熱烈的情感！」

「唔，動作好快……但我無論如何都要阻止雷娜！」

行動力比平常更敏捷的變態（雷娜）靠著刁鑽的靈巧行動玩弄著嘉內，讓她無法判斷。

雷娜以忽急忽徐的動作擾亂對手的視覺判斷，若想出手捉住她，她就會靠著優異的跳躍力躲到後方，並在落地的同時做出下一個動作，令對手難以捉摸。

如果她能把這樣的行動力用在工作上，一定能升格為更高階的傭兵吧，不過雷娜只有在慾望驅使之下，才會發揮出這股潛力。實在太可惜了。

『難道慾望會解除身體的限制嗎？要換個說法的話，說她是野性化了也不為過吧，她是不是在跟我們不同的方向性上不打算當個人類了啊？』

大叔正冷靜地分析著。

現在的雷娜毫無疑問的是最強的人類。

「啊……」

「唔呼呼……我拿到了。伊莉絲……妳做好覺悟了嗎？」

「不要啊啊啊啊啊啊！我不希望自己不是以女孩子的身分，而是以男孩子的身分經歷我的第一次啊！」

「別擔心，妳只要數數天花板上有多少汙漬，很快就結束了。一定會留下美好的經驗的……應該吧？」

「不要忽視我的人權好嗎？我都說不要了！」

「一開始大家都是這樣說的。不過在快樂的面前，這些事根本就沒有意義。大家都輕易地就淪陷了呢。」

『『總覺得她說的話完全沒有邏輯可言……而且感覺還非常熟練……』』

亞特和大叔從雷娜的奇怪行為中，感受到某種慣犯的氣息。

她平常就是用這種強硬的論調，去吃掉那些無知少年的吧。

據說罪犯的手法會因為累積了經驗而變得更為巧妙，雷娜就是這樣吧。

只是這次的受害者將會是伊莉絲。

「亞特……你怎麼會讓那種危險的東西，這麼輕易地就被她搶走呢？你這等於是把武器送給身經百戰的強者啊……」

「不是，我沒想到她的動作可以這麼跳脫人類的範疇……而且還是從我手中摸走的。」

「因為雷娜的手很巧啊。雖然是在不好的方面上很巧……」

「你們別再悠哉聊天了，快救救我啊！雷娜小姐的眼神好詭異……不，她的表情也很恐怖……」

「「那是肉食野獸看著獵物的眼神。」」

「不要啊啊啊啊啊啊啊啊啊啊啊！我要嫁不出去了！」

藥劑被奪走，落入雷娜的手中。而且她的理性早已飛去九霄雲外，徹底失控。

受到慾望的驅使，連傑羅斯等人都無法應對。

伊莉絲面臨著貞操危機。

「不要緊，真的有什麼問題的話，傑羅斯先生會娶妳的。因為事情的起因之一就出在傑羅斯先生身上啊……」

「不要順理成章的拖我下水好嗎……跟伊莉絲結婚這種事根本是犯罪啊。」

「妳這說法不就是拐著彎在說有一部分的原因是出在我身上嗎！早知道就不要讓叔叔喝下變性藥了！」

「是啊。那麼，當然要好好清算一下妳的罪過了。」

「這件事情跟雷娜小姐妳無關吧！妳想用處刑當藉口來滿足妳的慾望嗎！」

「嘖……被妳發現了啊。不過無所謂……這就是我的生存之道。」

「「「已經完全不在乎了嗎？」」」

言語已經失去了意義。

雖說原本就沒有意義，但是繼續與雷娜問答下去，也爭取不到時間。

雷娜在各種層面上都充滿了幹勁。

「嘉內小姐、亞特……動手捆住那個變態吧。」

「不能讓伊莉絲的心靈受創……我會使出全力的。」

「傑羅斯先生，我不幹。只要沾上一點女人的氣味，我就會被唯砍死的……」

「亞特毫無用處啊……」

「你這話還真過分……」

亞特不戰而敗。比起眼前的變態，老婆更可怕。

於是捕捉雷娜的工作便落到了兩位勇者身上。

魔王（雷娜）已經完全捉住公主（伊莉絲）了。

幸好雷娜手中的短時間男性變性藥只有一瓶。

勇者們無論如何都要阻止魔王的進攻。

「雷娜，我要上了……妳做好覺悟了嗎？」

「請路賽莉絲小姐妳幫忙帶著伊莉絲逃到安全的地方。接下來將是要賭上性命的戰鬥……要我控制力道不弄死對方也不容易就是了。」

「那個，在那之前我想問雷娜小姐一件事……」

「唔呼呼……什麼事呢？」

「把伊莉絲小姐吃乾抹淨之後，妳們還能像過去那樣以伙伴的身分一起行動嗎？」

「！」

「「……啊。」」

路賽莉絲這麼一問，三個人才注意到這個最根本性的問題。

伊莉絲是嘉內和雷娜的伙伴。

可是如果雷娜不僅是基於個人的慾望讓她變性，甚至還在性的意義上吃了她的話，肯定會對伊莉絲造成嚴重的心靈創傷。

在精神層面上將人逼到了極限，要問她們還能不能相安無事地以伙伴身分繼續傭兵活動，這無論怎麼想都不可能吧。

「那個……這跟所謂的一夜情不同，三位今後應該還是打算繼續當傭兵吧？現在要是犯了錯，不就會留下無法挽回的傷害嗎？」

「咦？可、可是……我至今……」

「我想那是因為對象是異性喔？如果是同性，被逼到極限的話，會對精神造成很大的負擔吧？」

「嗚！不過，只是一下下的話……」

「路，妳不用浪費唇舌了啦。雷娜可是一個會對年幼的孩童出手，徹頭徹尾的變態喔！而且她比任何人都更以自己的慾望為優先。所謂的自重或是反省，這些話對她而言根本沒有意義。」

「嘉內，妳這樣說不會太過分了嗎？」

雷娜站上了人生的分歧點。究竟要博取伙伴們的信賴，還是該以自身的慾望為優先呢。

如果選了前者，就會過著跟至今為止一樣的生活。但若是選了後者，很有可能會導致傭兵小隊分崩離析。

受到慾望驅使的雷娜不禁抱頭苦思。

然後——

「我輸了……」

她嚴重受挫，頹倒在地。

原來上她好歹還是有理性和常識的啊。傑羅斯等人如是想。

雖然不知道她是輸給了什麼就是了……

「路賽莉絲小姐，妳好厲害！竟然光用說的就阻止了那個雷娜！」

「是啊……我可是每次都被雷娜搞得累得半死。沒想到她竟然不用動手……」

「那個……我只是說了理所當然的事情耶……？」

「雷娜就是可以輕易地把那個理所當然給捨棄掉的人……路，看來妳神官真不是當假的呢。」

伊莉絲得救了。

不過大家都忘了只要魔法藥還在雷娜手中的一天，她就有可能會再次失控的事實。

這樣的和平究竟能持續到什麼時候呢。

沒有人知道。

◇◇◇◇◇◇

「莉莎，妳準備得還順利嗎？」

「嗯……夏克緹小姐妳呢？」

「我試著用雕刻技能做了別針。不知道賣不賣得掉就是了。」

「我做了手帕和手掌大小的布偶。這與其說是去參加二手市集，更像是一般的露天攤販吧？」

「是啊。不過當天好像也會有露天攤販來擺攤，我想應該沒問題吧。」

「妳是從哪裡聽到這些消息的啊？」

「在教會的布告欄上看到的。這次的市集似乎要暫時封鎖城鎮的主要幹道，規模辦得很大呢。」

莉莎和夏克緹也已經準備好了。

只剩下等待二手市集舉辦的日子到來。

第三話　大叔賣出了不能賣出去的東西

桑特魯城是一座以商業活動為中心的交易都市。

城內的商店櫛比鱗次，同時也是一座有許多工匠居住的城市。

從日用雜貨到武器，基本上沒有這裡買不到的東西。

領主自己也有參與商業活動，透過經商獲得了遠勝於其他貴族的大量財富，商人和工匠在彼此的激烈競爭之下，每天都有新商品誕生。

在某種意義而言，這裡的繁榮程度不下王都。

在這樣富饒的桑特魯城裡，每三個月都會封鎖城裡的主要幹道，舉辦開放一般民眾參加的大規模市集。

二手市集也會辦在其中的一角，民眾們會將用不到的衣物與家具拿出來轉賣。

對相對貧窮的階級來說，有這樣的活動簡直令他們感激不盡。

「不過……這麼一大早的，還真不得了啊。」

「是啊。先不管我，要是能幫傑羅斯先生占到位子就好了……」

明明還是清晨，主要幹道上卻已經聚集了不少露天攤販和一般家庭的參加者，形成了一股人潮。感覺就像是步行者天國和跳蚤市場的綜合體吧。

有些人為了確保擺攤的位置而四處奔走著，有些人則是早已經準備完畢，開始看起了其他攤位的商品，也有人比較了自己和其他人的商品後，早早打了退堂鼓。

順帶一提，傑羅斯則是得從現在開始去占個好位子擺攤。

「平常就在經營露天攤販的人應該很習慣了，不過一般參加者光是搶位子就夠累了呢～嗯，感覺有點像廟會吧。」

「畢竟是在主要幹道上，也不能前一天就來占位。早知道今天一大早就會封鎖道路，就該提早來占位子的。」

「哎呀，我只要有個角落就好了。反正我做了用來招攬客人用的招牌。」

「只要有一塊招牌就能開店了嗎？」

「嗯，因為我以前就是這樣做啊～反正就悠哉地做服務業嘍。」

傑羅斯所謂的服務業，是指在街角賣些詭異商品的流動攤販。

雖說是在「Sword and Sorcery」時的事，不過大叔會將不小心做太多的奇怪魔法藥、受詛咒的武器，或是魔改造過頭導致性能產生缺陷的物品，以清庫存為名目拿出來販售，結果有些人因此非常感謝他，有些人則是見到了地獄，在各種意義上都玩弄了眾多的玩家。

而擁有這些服務業經驗的大叔，身上穿著的不是平常穿的那件灰色長袍，反而打扮得像是有些邋遢的市井小民，身上披著一件破破爛爛，附有兜帽的斗篷。

臉上還戴了一副圓框太陽眼鏡，模樣看起來比平常還要可疑得多。

「那個……雖然這很難以啟齒，可是你這身打扮，應該招攬不到客人吧？」

「別擔心，只要有招牌，意外地還過得去喔。」

「你口中的招牌是……」

「就是這個。」

大叔不知從何處取出了一塊招牌。

上面寫著「本店將盡可能回應顧客的需求，打造您期望的商品」。

看起來更可疑了。

「這看起來實在不像要好好對應顧客的感覺耶……」

「船到橋頭自然直嘛。反正我只是來打發時間的，不是很在意銷售額。只要客人滿意，那就是我的報酬了。喔～呵呵呵呵～」

「這奇怪的笑法是怎樣啊……」

「是心靈導師。詭異的笑容令人憤恨，黑之銷售員。」

他變得像是哪來的推銷員，一心想要推銷可疑的藥物給客人。

完全沒打算要造福他人。

「路賽莉絲小姐要在哪裡開店呢？」

「我要跟其他祭司聯合開店，所以會在主要幹道的中間那附近吧。雖然事先就確定好位子了，不過我還不知道會有多大的空間。」

負責營運孤兒院的祭司們可以透過事前向行政單位報名的方式，確保擺攤的位置。

只不過空間是由孤兒院這邊負責分配的，所以分到的位置也有可能很小。順帶一提，因為行政單位允許孤兒擔任銷售人員，所有他們有充足的人手。

這是因為握有孤兒院經營權限的行政單位，認為擺攤可以作為學習社會制度的一環，所以相當鼓勵孤兒們來二手市集擺攤，如今已經變成孤兒院的例行活動了。

「這活動不知該說是二手市集，還是跳蚤市場呢～反正要做的事情都一樣，其實也無所謂啦……」

「跳蚤市場……嗎？」

這個世界沒有所謂的跳蚤市場一詞，基本上都是用二手市集來稱呼。

這也難怪路賽莉絲無法理解他在說什麼了。

「妳就當作那是把家裡不要的東西，用便宜的價格賣給他人的二手市集吧。好了，我也差不多該去占位子了。」

「現在去似乎有點晚了耶？」

「別在意、別在意。我只要有一點點空間就可以擺攤了。路賽莉絲小姐也請努力多賺一點吧。」

「雖然我們的目的不是賺錢……不過我會加油的。」

「哈哈哈，這對孩子們來說應該是不錯的社會歷練吧。」

大叔揮揮手，腳步輕快地離去。

路賽莉絲目送他的背影遠去後，也動身去和其他的祭司會合。

◇◇◇◇◇◇◇

亞特他們轉生者小隊，在主要幹道的中間附近開了店。

他們販賣的商品是以貴金屬製成的飾品，或是蕾絲手帕等紡織品，以及回復藥水等魔法藥。

商品的定價親民，再昂貴的商品也頂多就三千金，是即便是一般民眾，也只要努力一點就能拿得出的金額。

也幸虧他們的定價很親切，開店後便迅速地接連賣出商品。

「請問～這條項鍊能不能再算我便宜一點？」

「嗯～有點難耶。因為製作這個很費工的。」

「拜託一下！」

「因為實在太費工了，所以我只做了這麼一個喔。正因為只有這一個，售價才沒辦法降下來。」

夏克緹正在對應客人的殺價。

這位女性客人的手頭似乎有點緊，正努力地想要殺價。

而夏克緹也用製作費工以及這是唯一的作品為由，拒絕她的殺價。

畢竟二手市集是接受殺價的，所以到處都能看到類似的光景。

身為領隊的亞特也正在接待客人。

「這回復藥水是不是有點貴啊？」

「可是相對的，回復效果也很值得期待喔？你還是該帶個在身上以備不時之需啦。你是傭兵吧？」

「是這樣沒錯，可是這價位對我們來說太高了。」

「這要是用在重傷者身上，效果足以讓他保住一命喔？人命關天，這價位還算是便宜了呢。」

「可是沒有確認過實際效用之前，這都說不準吧。畢竟製作者技術會影響到魔法藥的品質，落差很大啊。」

這位傭兵客人很是猶豫。

露天攤販販售的魔法藥，會受到調配的鍊金術師的技術、材料配方、材料品質等各式各樣的因素影響，使得效果產生落差。因為不實際使用也無法得知效用，傭兵才會對他抱有戒心。

由於商人中也有把普通的水調成回復藥水口味來販賣的惡質商人，所以他會這麼謹慎也是理所當然的。畢竟這可是攸關性命的事。

「哎呀，我這邊也有賣一般的回復藥水就是了。不過我還是建議你帶一瓶效果比較好的藥水喔？畢竟不知道什麼時候會遇到危險的狀況啊。」

「我懂你說的……可是……」

「這樣吧，我送你一瓶普通的回復藥水。畢竟只要這瓶高效的賣出去，我就能回本了。」

「……材料有這麼昂貴嗎？」

「嗯……老實說，這不是該拿到這裡來販售的商品。但我也是有需要……我的孩子快出生了。」

「這樣啊……好，我買一瓶。我家小孩也才剛出生。」

「那還真是恭喜你啊。好，我再多送你一瓶。為了小孩，你要好好加油啊。」

「喂喂喂，你這樣好嗎？不會虧損吧？」

馬上就要當爸爸的亞特和已經是爸爸的傭兵，兩人意氣相投。

他們之間有著某種只有為人父母才能理解的共鳴。

「商品賣得不錯呢。莉莎，幫忙補一下回復藥水。低階回復藥水剩得不多了。」

「感覺很快就會賣完。已經賣掉一箱了耶？」

「要是不好好管理一下庫存，之後會出問題呢。不知道為什麼高階回復藥水賣不動就是了……」

「因為高階藥水貴啊，以傭兵收入來說，這對錢包可是沉重的打擊啊。你的判斷有些失準了呢。」

「原來傭兵是個賺不了錢的職業啊……」

在「Sword and Sorcery」這款遊戲裡，早期玩家都曾為了賺錢與收集素材而東奔西走，並補強自身的裝備。

在遊戲裡，只要以冒險者的身分接受委託，一定能和指定的魔物作戰，所以不會發生沒拿到素材的問題，然而換成現實世界可就大不相同了。

首先，根本無法保證一定能找到要討伐的目標魔物，藥草之類的素材要是被人先行採走，或者被草食動物吃掉了，便無法輕易取得。

即使完成委託，獲得了素材，也可能會因為素材的品質不佳導致售價打折，即使打倒困難的魔物獲得素材，也未必能賺到錢。

「而且一般人跟我們不一樣，要習得技能，至少得累積好幾年的經驗。若想鑽研到頂尖程度，不窮盡一生是辦不到的。現實是不會像遊戲裡那樣的。」

「這世界意外地嚴苛呢。」

「現實就是這樣喔？就算是奇幻世界，也不會像虛構的故事那樣，什麼事情都能進行得很順利。是說這雖然是不相干的話題，不過傑羅斯先生在哪裡啊？」

「傑羅斯先生嗎？他一定是在附近的街角當可疑的流動攤販啦。他總是這樣……」

「『可疑的流動攤販？』」

身為「Sword and Sorcery」玩家的兩人，曾經聽過這個傳聞。

從回復藥水到武器，什麼東西都賣的黑市商人。

那實際上是殲滅者們半是好玩的對外拋售失敗作品，清理庫存的行為。

雖然他們會親切給新手一些額外的好處，不過當然也推銷、販售了一堆可疑的商品給眾多的玩家。

比方說「回春靈藥」或是受詛咒的武器、裝備，表面上是性能極佳的裝飾品，實際上是只要超過使用限制就會自爆，諸如此類的玩意兒。大叔作為販售危險物品的攤商，在過去也算是小有名氣。

而最惡質的一點就在於，他在這些危險物品中混了一些意外的很有用的商品。

「沒、沒問題嗎？可疑的流動攤販……應該是指會違法販售取締對象商品的死亡商人吧？」

「不……他應該不至於會賣以前那種危險的商品吧。要是在現實世界這麼做了，他肯定會變成通緝犯的。」

「可是……感覺傑羅斯先生會開心地做出這種事。」

「『實在……無法否認。』」

殲滅者才不管會不會給別人帶來困擾。

頭痛的是傑羅斯在不好的方面上確實做出了不少實際成果，使得他們完全找不到理由來否定莉莎的意見。

就算是現在這一刻，城裡的某處或許也已經出現了犧牲者。

『……傑羅斯先生，拜託你安分點啊。』

正因為知道太多實際的案例，亞特實在無法抹去心中的那股不安。

但他也只能在內心裡祈禱了。

◇◇◇◇◇◇

如同亞特所預料的，傑羅斯在小巷的角落一個人擺起攤來。

跟其他的露天攤販不同，他的攤位只有木箱和招牌，猛一看還真不像在賣東西。硬要說的話還比較像是占卜師，而大叔的模樣也是非常詭異。

怎麼看都是可疑分子。

『畢竟這有點像是廟會活動，攜家帶眷的人還真不少呢～……對我這單身狗來說太刺眼啦。』

大叔很羨慕那些攜家帶眷的市民。

仔細一看，其中也有些是一夫多妻或一妻多夫的家庭，這樣的景象讓他再次體會到這裡是異世界。

畢竟在日本是看不到這種景象的。

『嘖……為什麼那種條碼禿頭胖子會有六個老婆……去死啦！』

大叔對經過的路人燃起醜陋的嫉妒心。

而且不管怎麼看，其中一個老婆都只有十幾歲。看起來年紀跟伊莉絲差不多。

更要說，他似乎還有一個年紀和那老婆差不多的女兒。大叔無法按耐自己滿腔的惡意。

『……呵，我還真不像樣。』

而他也很清楚自己的狀況。

大叔自嘲地笑了笑，同時為了排解空虛而點起了香菸。

這時一群好像在哪兒看過的奇特人們，經過了正在吞雲吐霧的傑羅斯眼前。

雖然那是一群被小孩子拖著走，外表顯得格外憔悴的男性集團，不過其中確實有傑羅斯熟悉的矮人身影。

「那古里先生？」

「嗯？喔，是你啊……看你打扮成這奇怪的樣子，是在這裡做什麼啊？」

「如你所見，我在擺攤啊。」

「不是，我沒看到你的商品在哪啊。看起來實在不像攤販啊。」

儘管那古里的疑問非常合理，但傑羅斯完全不在意，開口反問他。

「別說這個了，他們是……？他們看起來很憔悴耶……」

「啊？那些傢伙是最近新加入的工匠。才剛做完一場連續熬夜趕工到昨天的案子，連休息時間都沒有，就得出來陪家人吶。」

「……是突然來了急件嗎？」

「不是。其實距離交期還有一些時間，不過因為有其他新工作進來，為了調整時程，就叫他們趕工了。真是的，新人就是這樣不耐操。」

「你起碼安插個假日給人家吧！你那裡到底有多黑啊。」

飯場土木工程公司的工匠都是些為了工作不惜犧牲家庭的重度工作狂。薪水明明很高，他們卻連花錢的空閒也沒有，總是欣喜地前往下一個工地。

不眠不休地工作七天七夜這種事不過是家常便飯，是一群可以透過工作獲得快樂，難以理解的怪胎。他們的工作狂程度，可是連黑心企業都要自嘆不如。

載歌載舞的工地藝人，這就是飯場土木工程公司的工匠們。

「混帳東西，排休會趕不上工期啊。」

「我可不想聽明明還有時間，卻硬是接下新工作的人這樣說喔。你這樣下去遲早會有人過勞死。」

「你在說什麼啊？不能工作的話就換我們要死了。死在工地正合我意啊。」

「那樣會給委託的業主添麻煩吧……那邊的工匠們個個看起來都一副馬上就會掛掉的樣子耶。」

「還早呢。如果不能在工地興奮地發狂起來，哪幹得下去啊。」

他們雙方的價值觀有著根本性的差異。對飯場土木工程公司的工匠而言，工作就是快樂。

為了成就感這唯一的快樂，他們會做出一些超脫常軌，勉強自己的行為。

他們把工匠要經歷過艱苦的修行後才能出師這個觀念當成是基本的常識，對他們而言，想要休假是軟腳蝦才會說的笑話，是不應出現的墮落行為。

如果在日本，這肯定違反勞動基準法。

不過這個世界的法律並沒有明文規定工時，說他們是黑心企業也沒有意義。

『咦？這該不會是我做生意的大好機會吧？』

大叔的腦中突然降下一道天啟。

「嘿嘿嘿，大爺啊，看您很累呢。我這邊有好用的藥喔，要不要試試看？」

傑羅斯立刻用可疑的語氣對其中一位工匠搭話，無視那古里在一旁吐槽他「你那什麼語氣啊……」的事，開始做起生意。

「……我？不用了……我沒錢。」

「可是啊，您不是要鞭策那疲憊不堪的身體，照顧孩子們嗎？」

「唉，是這樣沒錯……不過我看你是魔導士吧？魔法藥很貴的……」

「沒～這回事，這藥只要少少的六百金，而且立刻見效喔？畢竟只是普通的機能飲料啊。」

「不，可是……」

工匠遲遲不肯點頭。

但是大叔也沒打算就這樣放棄。

「大爺，您可是累到瘦成皮包骨了耶？真的能帶著小孩子逛一整天嗎？別看小孩那樣，他們可是很健壯的。您真的會累倒的喔？」

「唔……被你這麼說，我也無法反駁。」

沒錯，這個男工匠因為疲勞，骨瘦如柴得令人同情。飯場土木工程公司的工作就是這麼辛苦。

新來的工匠當然不可能一開始就像老練的那古里那樣，可以載歌載舞地上工。一直持續過度勞動，當然也會有人因此變得衰弱。

至今還沒搞出人命簡直不可思議。

傑羅斯自己也親身體驗過，所以很清楚飯場土木工程公司有多誇張。

「嘿……沒辦法。算我大方送，給你一瓶試喝看看吧。如果你試喝之後覺得有效，就回頭跟我買吧。下好離手喔？」

「「「……唉。」」」

這說法簡直像是賭場搖骰子的莊家。

憔悴的工匠在幾位伙伴的守護之下，戰戰兢兢地拿起機能飲料。

「是說啊，你可不可以不要這樣說話？該說感覺實在太奇怪了嗎……」

「這是我的業務用口吻。請別介意。」

「你到底有沒有打算做好服務業啊？感覺很像毒販耶？」

那古里儘管傻眼，仍不忘吐槽。

然而大叔毫不介意，嘴上繼續說著「來來，一口氣乾了。很有效喔～這很有效喔～」催促工匠喝下機能飲料。

工匠看他這樣，雖然一手已經拿著機能飲料的瓶子了，還是很猶豫。

畢竟大叔一副不能信任的樣子。

「爸爸，你要在這裡待多久啊？」

「我們快走啦，我好無聊～」

「唔唔……」

在心愛的孩子催促下，工匠的內心又動搖起來。

眼前這個看著自己賊笑的露天攤販簡直可恨。

「嘖……我只能試了嗎。我、我要喝了喔……」

工匠用顫抖的手打開飲料瓶蓋後，將內容物一飲而盡。

然後機能飲料馬上就明顯地發揮了功效。

「有～力啦——————！」

工匠的上衣隨著一聲咆吼，被膨脹的肌肉給撐破開來。

原本因疲憊而瘦成了皮包骨的身體，現在健壯的簡直判若兩人，身上的肌肉全都充滿了活力。

他的模樣變回了一個工地男子漢該有的樣子。

「「「什麼——————竟然強壯到爆衣了嗎！」」」

「嘿……這就是我自豪的機能飲料威力啦。怎樣？想買了嗎？」

「「「請務必賣給我們！老實說我們已經累到快死了！」」」

「多謝惠顧～♪」

工匠們全都殺到了大叔的攤位前。

然後所有人都一口喝乾了機能飲料。

「「「呼～哈～福氣啦——————！」」」

「感覺好像在哪裡聽過這個吼聲啊……」

「……這玩意有用。」

所有工匠全都變得健壯了起來。直到剛才還累積在身上的疲勞已經徹底消失，完美的復活為雄壯的工地肌肉猛男。

一群人整齊地擺著健美的姿勢，陶醉於滿溢而出的活力之中。勞動男子漢的肉體沒有絲毫累贅，那一身鍛鍊過的肌肉線條實在優美。

「……我說，你這機能飲料有多少庫存？」

「有很多喔？」

「全都賣給我。這在工地很有用啊……」

「全、全部？」

大叔這時候才發現自己犯了大錯。

飯場土木工程公司的工作真的非常辛苦。要是把這款機能飲料賣給這種黑心企業，工匠只會被操得更慘吧。

原本就過勞的工地將變成更可怕的地獄，最終只會產生出更多滿腦子只想著工作，載歌載舞賣命工作的勞工。

「那個……雖然有不少庫存，可是不夠供應給飯場土木工程公司的所有工匠喔？」

「無所謂。我要用在那些倒下的混帳東西身上……工匠沒多經過個幾場工地的鍛鍊，是成不了氣候的。」

「不是，這飲料雖然可以消除肉體的疲勞，可是無法消除精神上的疲勞喔？」

「不要緊。這部分只要當成是洗腦……不，當成是工匠教育的一環，就還在可以接受的範圍內。」

「洗腦？你剛剛說了洗腦……」

「別囉唆了，賣給我！只要有這些飲料，他們明天開始就能好好工作了。」

「不不不，他們會死啦！起碼一週讓他們休息個兩天吧？」

令人頭痛的是，這個世界居民們因為沒有法規限制，都接受了這些現況，並將此視為常識，所以那古里也不覺得自家公司是黑心企業。

他只想盡快培養勞工，使他們成為能夠獨當一面的工匠，而這之中完全沒有顧慮到個人的家庭狀況跟人權之類的問題。

像傑羅斯這樣會考慮勞工人權的人，反而不合乎這世界的常識。

文化差異真可怕。

『我竟把危險的東西賣給了不該賣的人啊……』

傑羅斯拗不過那古里，把機能飲料全賣給了他。

儘管他因此得到了不少業績，他的良心卻被強烈的罪惡感給苛責著。

大叔目送爽快地說著「買到了好東西啊～呼哈哈哈哈！」並大笑著離去的那古里背影，只能獨自在罪惡感的煎熬下痛哭流涕。

他誠摯的祈禱著勞工們能獲得救贖。

經由不合理的勞動，以及空有教育之名的洗腦，未來將會出現更多載歌載舞的勞工……

而大叔成了這件事的幕後推手。

第四話　大叔偶爾也會幫助他人

過了中午，亞特吃了稍微晚一點的午餐後，開始尋找傑羅斯。
由於準備的商品迅速銷售一空，他們早早就收攤了，所以他現在很閒。
魔法藥的需求比他預料的還多，即使價錢偏高，購買的人潮仍絡繹不絕。
「可是……為什麼連一般家庭都要採購回復藥水啊？我覺得有一般的常備藥品應該就夠了啊……」
亞特有些誤會了。
雖然在「Sword and Sorcery」裡，玩家們只會在戰鬥中使用回復藥水，可是在異世界，回復藥水被視為用來治療疾病或外傷的常備藥品。
售價當然稱不上便宜，不過大多數的家庭都會在家裡備著回復藥水。
在這個世界要生火必須利用木柴或是木炭，所以有可能會因為砍柴受傷，也有可能會因為用火不慎而燒傷。不如說他們沒有哪天不會發生意外的。
然而身為轉生者的亞特仍不夠了解這些異世界文化。
「好了，傑羅斯先生在哪呢……」
主要幹道上人潮洶湧，很難找到特定的人物。
不過亞特很清楚「可疑的流動攤販」上身時傑羅斯的行動模式，所以他該找的地方是面向狹窄小巷的街角。

雖然亞特認為傑羅斯這次應該沒有販賣什麼危險物品，但那個人畢竟是「殲滅者」傑羅斯。他能一派輕鬆地做出一些超乎常人想像的事情，必須慎加防範。

他甚至有可能會不小心把「變性藥」給賣出去。

「那條小巷附近感覺很可疑……啊，找到了……」

有好幾個商人在時尚的服裝店前面擺攤。

而在旁邊一角可以看到只擺了木箱和招牌，亞特再熟悉不過的攤位。

傑羅斯正在對一位男性兜售商品。

「……這玩意兒很有效喔。今晚可以好好來一發啦～」

「真、真有這麼厲害嗎？」

「只要吞兩顆這玩意兒，了無新意的夜生活也會瞬間燃起激烈的火花！尊夫人也會很滿意的唷～嘿嘿嘿……」

「……那、那我好像該買一下？最近那傢伙很冷淡啊。」

「這玩意兒可是一吃見效喔～吞下的瞬間就會化身為猛獸……」

『喂喂喂，傑羅斯先生……他是在賣什麼鬼東西啊！』

大叔正在兜售以別種意義上來說非常可疑的藥品。

亞特從沒看過傑羅斯調配壯陽藥。

「要小心別過量服用嘿。還有喝酒後不能服用喔，對心臟不好。」

「好、好的……喝酒不能服用啊？那我得小心別喝太多了……」

「這藥只是一個契機啊。我想夫妻之間的感情，最終還是要回歸到愛上喔？溫柔才是男人的魅力所在啊。」

『自己明明單身，在那邊鬼扯什麼愛啦！而且他根本很會用這種下三濫的銷售手法嘛！』

可疑的流動攤販賣出「能在晚上好好來一發」的藥之後，把零錢收進皮製錢袋裡，嘴上說著：「多謝惠顧～」目送客人離去。

在別種意義上來說很可疑。

「傑羅斯先生……你為什麼在街角賣起奇怪的藥啊？」

「喔喔，亞特。你不用顧店嗎？」

「回復藥水和魔法藥那些東西很快就賣完了。別說那個了，你不要賣些可疑的商品啦。會給人添麻煩耶。」

「你不要說得這麼難聽。那是普通的藥喔？只要使用方式正確，還可以治療心臟病呢。」

「不管怎麼看，你剛剛說的都不是正確的用法吧！我看你根本就把那玩意兒當成威〇剛來賣啊。」

「要看怎麼用啊。只是用在這方面也一樣有效嘛。」

「不，你擺明就是以那方面的目的為主在賣吧……我都看到了。」

「哎呀～真不好意思耶～」

還真是一點都不可愛的不好意思。

他的打扮就已經很詭異了，臉上的太陽眼鏡讓他看起來更是可疑。

「我是覺得你應該不會這麼做啦，不過你沒把變性藥拿出來賣吧？還有回春靈藥之類的東西……」

「回春靈藥我怎麼可能拿出來賣啊。首要的問題就是那玩意兒會毀掉一個人的人生啊。」

「啊，原來你好歹還算有良心啊。」

「別把我跟卡儂當成同類。我比她有良心多了。」

「在我看來你們沒什麼差別就是了。」

「白色殲滅者」卡儂。

她是傑羅斯的伙伴之一，也是追求魔法藥效能的探求者。

她會為了提高百分之一的效用而傾盡全力，甚至不惜為此去狩獵大型魔物，獲取素材。

從傑羅斯的角度來看，完全不懂是什麼驅使她做到這種地步。

她會高舉拳頭大喊：「藥學是一種藝術！」並喜孜孜地拿伙伴們來做人體實驗。

麻煩的地方就在於她會私下販售藥品，藉此處理掉手邊的失敗作吧。

唉，在這方面傑羅斯跟她也算是同類……

「你還記得調配出回春靈藥時，她讓『鐵鎚工坊』的那波先生喝下去的事情嗎？」

「啊……那場悲劇啊。我記得是害一個壯漢變成了小嬰兒……」

「我有阻止過她了喔。畢竟我們受了那波先生很多關照，所以我再三叮嚀過卡儂不能做這種事。」

「結果她摻在茶裡讓那波先生喝下去了呢……」

「一星期之後，壯漢變成了骨瘦如柴的老人啊。再說明明都已經透過鑑定技能得知藥水的功效了，一般來說會拿去給人喝嗎？而且我根本沒想到最後竟然會導致遊戲角色消失啊。」

「那是第一次發現玩家角色會消失的事件呢……然後好像是在那之後吧？她又做了那個什麼叫『殭屍飲料』的玩意……」

「正確來說是『提神機能飲料　試做93號』啦……沒想到那玩意兒會讓人變成不死系魔物……」

調配出回春靈藥的殲滅者之一，卡儂。

可是她為了清庫存而銷售出去的那種靈藥，創造出了許多的犧牲者。

她無可奈何地試著製作能夠消除靈藥效果的魔法藥，結果卻生出了一大堆等級一的殭屍，後來那些自暴自棄的開始扮演起殭屍的玩家，一個也不少地全都死光了。畢竟卡儂是在一座中階冒險者聚集的城鎮販賣這種藥水，會出現在那裡的魔物當然很強。

而且那藥水還附加了身上持有的物品會全數消失的效果，受害者們落得必須重新創造角色，從遊戲內的新手城鎮開始整個重玩一遍的下場。

因為其中有不少受害者是傑羅斯他們認識的人，害他們費了一番工夫來做事後的補償工作。

主要是在幫忙練等級這方面……

「都怪卡儂，那時不知道有多少高等玩家被迫要從頭來過呢……」

「她不聽人家說話這點跟傑羅斯先生一樣吧。你只比她好一點點……」

「沒想到你竟然覺得我和凱摩先生跟泰德他們是同類啊～我才沒那麼過分。」

「畢竟要安撫受害者感覺很累人啊……」

傑羅斯免費贈送成為受害者的朋友超強的裝備，幫忙對方學技能跟練等級，拚命爭取對方的諒解。

從那之後，回春靈藥在遊戲中就成了禁忌的話題。

「我可不會給周遭的人添麻煩喔？我只是在面對多人共鬥的稀有頭目，或是專玩ＰＫ的玩家時不會手下留情而已。」

「但是你們畢竟是以小隊為單位在行動，這種內情外人無從得知啊。而且你還不是幫她做了些危險的玩意兒。」

「我是有幫忙，不過那些東西都是另外四個人賣出去的。我只是做了會給人添點麻煩的玩具罷了。啊，我可能有暗中讓東西流入我看不爽的對象手裡吧？」

「……結果你還是有做嘛。你口中的玩具上附有很過分的詛咒吧。」

愉快犯大叔不提自己幹的好事，只會說其他伙伴的不是。

不管傑羅斯再怎麼否認，說穿了殲滅者就是一丘之貉。

他本人完全沒發現，他跟其他人的差異只有是公然在檯面上做這些事，還是私底下動手腳而已。

「算了，現在說這些也沒意義……比起那些事，你這邊生意還好嗎？」

「普普通通吧～客人還不少喔？也不全是剛才那樣的客人就是了。」

「雖然你在招牌上寫著『本店將盡可能回應顧客的需求』，但這樣真的會有客人來嗎？」

「請問～……」

「……來了耶。」

亞特身後站著一位爽朗俊帥的青年。

真不敢相信這樣的人會來光顧這種攤販。

「Ｈｅｙ！來嘍！」

「你是開壽司店嗎！」

大叔立刻切換成接客模式。

「那個……我看招牌上寫說這裡會盡可能回應顧客的需求，販售所需的商品？」

「對喔！畢竟我也是做生意的，可以配合客人來準備商品喔～？所以說您想要怎樣的商品呢～」

「……可以……變性的藥……這裡應該沒有在賣這種東西吧。」

「……………有喔。」

「有、有賣嗎？」

亞特很想吐槽進入接客模式的大叔，但是居然有客人想買變性藥這件事更是令他訝異。

傑羅斯也很介意青年表現出的驚訝與欣喜。

感覺背後有些什麼隱情。

「……總之先聽聽您有什麼煩惱吧。畢竟那是具有危險性的藥，我也不能隨隨便便拿出來賣吶。」

「我明白了……我說。」

青年所說的內容是這樣的——

他到十歲為止，成長過程都和普通的孩子一樣。

然而進入青春期之後，他開始發現自己和他人不同。

他喜歡同性，也喜歡女性的服裝和飾品，會趁父母不在家時穿女裝。

儘管也有男性會對這些可愛服飾感興趣，但大多不脫嗜好的範疇，可是青年的狀況卻是不認為自己是男性。

不僅如此，他甚至還厭惡起自己的身體，最後演變為自殘行為。

那似乎是最近發生的狀況。

儘管承受不住精神上的痛苦而做出讓雙親傷心的行為讓他十分自責，他還是無法接受自己是男性的事實。

青年無法擺脫這永無止境的地獄，現在也正為此而痛苦著。

「父親帶來的神官說我被惡魔附身，花了一大筆錢驅魔，可是我的情況完全沒有好轉。甚至還因為遭到壓抑，導致我的內心更是……」

「……原來如此，這是性別認同障礙吧？嗯，雖然還無法斷定，不過這確實是很嚴重的問題。要是沒有相關的知識或理解，就會跑去仰賴宗教吶～……竟然說是惡魔附身，真是慘不忍睹啊。」

「……心理跟生理不一致，那真的很痛苦。也因為沒有相關的科學知識，會將這種人視為是精神病患。應該說畢竟這個世界的文化水準不高，所以很容易落入迷信的圈套吧。」

「拜託你了！如果有能夠變成女性的藥，請把那種藥賣給我！」

這位客人的煩惱相當沉重。

傑羅斯確實擁有可以實現青年願望的藥。

可是要使用這種藥，有個很大的問題。

「您的確是適合來光顧我這家店的客人……可是啊，事情沒有這麼簡單吧。您的雙親能理解您的煩惱嗎？」

「這個……母親是馬上就理解了，可是父親揍了我好幾次……」

「我就知道～……因為這種問題很敏感啊～……傑羅斯先生，該怎麼辦？」

「不管多少錢我都願意付！拜託了……」

這是相當沉重的事情。

不僅沉重，還關乎到一個人的人生。

「不，這不是錢的問題。這種藥一旦用下去，就無法再變回原本的性別了。等到事後才要我讓您變回來，這我也辦不到。我會被追究責任的。」

「傑羅斯先生，我記得你也有可以短時間變性的藥吧？要不要讓他試用看看，確定這樣他的精神狀況會穩定下來，再正式讓他變性如何？」

「就算要這麼做，原則上還是要先請客人簽個同意書比較好吧。不，等一下！我不是醫生，可以這樣擅自執行醫療行為嗎？我不會被告吧……」

「我願意簽！只要能從這個痛苦中解脫，我……」

要直接賣變性藥給他也不是不行，但傑羅斯實在不認為這樣就能解決問題。

畢竟青年說他「被父親揍了好多次」。傑羅斯不覺得他父親已經完全理解他的狀況了。

不如說他父親更有可能根本不相信他的話。

畢竟他父親還特地找了人來驅魔。

「這應該要去他家，跟他父母談談比較好吧～這種事不是光憑我一個人就能下決定的。這是他們一家人的問題。」

「是啊……不過感覺會起一些爭執喔。」

傑羅斯和亞特都覺得八成無法取得他父親同意。

即使如此，既然他想使用能變為女性的變性藥，就還是得先跟他的父母溝通才行。但是這樣一來，感覺他父親一定又要動手揍人了。

「不做那些事也無所謂，只要讓我變成女性就好了吧……」

「不，事情沒有這麼單純。至少你父親希望你繼續當個男人吧？說不定他並沒有意識到這是個嚴重的問題。」

「這很有可能呢。說不定他看到喜歡女裝或可愛飾品的兒子，只單純地認為兒子『軟弱沒出息！』而已。這種類型的父母都很固執，堅持己見。」

「甚至還覺得他是被惡魔附身了。看來應該是個篤定自己的想法沒錯的頑固父親啊。」

「我父親的確是能夠獨自撐起一家店的人，我想他很有可能是這樣想的。」

「既然道理說不通，你父親當然無法接受吧？不過他毫無疑問的是個光靠口頭勸說無法說服的人呢……這點很難處理啊。」

「到時候我就離家出走。我已經受不了了……要我繼續當個男人，我還不如去死。」

他的情況非常嚴重。

青年在精神上已經被逼到了極限，就算他好不容易找到希望了，可是一直遭到家人否定實在是太可憐了。

而且青年真的抱有不成功便成仁的覺悟。要是他自殺了，傑羅斯在良心上也很過意不去。

「沒辦法，我也去幫忙說服看看好了……畢竟都遇上了。」

「我就不去了。反正我去了也幫不上忙，我不想自找麻煩。」

「亞特，你還真無情啊……你就跟我一起去幫忙勸說看看也無所謂吧。」

「我不要！要是跟著傑羅斯先生你去，我肯定會被牽扯進麻煩事裡。我要去逛街，買點禮物回去給唯。」

「嘖……這個死現充！怎麼還不爆炸啊……你最好親身體會你那句話是在插旗啦！」

「這種話不要當著本人面前說啦！」

面對若無其事地放閃的亞特，大叔藏不住心中那醜陋的嫉妒心。

不如說他甚至還公然地表現出惡意。真的是個非常忠於自我的人。

儘管背上承受著大叔詛咒的視線，亞特還是丟下一句「那我先閃人了，你們加油吧」，就揮了揮手，消失在人群之中了。

「……所以說，我也會去試著說服你父親。我身為調配出這種祕藥的人，還是有必要向你的雙親說明清楚。」

「請問……這樣真的好嗎？畢竟我父親是個相當情緒化的人……」

「哈哈哈，他如果不想用說的，直接訴諸暴力反而更好。這樣我就算是正當防衛了，不用客氣。」

「你意外的是個好戰分子嗎！」

傑羅斯雖然會試著說服對方，但要是對方先動手，他也會出手反擊。

可以想見青年的父親若是想用肢體語言來溝通，下場反而會很悽慘吧。

明明擅自介入了別人的家庭問題，卻完全沒打算要手下留情，傑羅斯也真有夠過分的。

「那麼我們走吧……呃，還沒請教大名呢。」

「我叫克里斯帝安。麻煩你勸說父親了。」

『總覺得好像在哪裡聽過這名字……』

儘管有點在意他的名字，大叔還是朝著克里斯帝安的家走去了。

◇◇◇◇◇◇

克里斯帝安的老家是在離主要幹道有一段距離外的雜貨店。

是間販賣來自各地的各類雜貨及餐具，有時也會販售家具等商品的中小型企業。

雖然跟索利斯提亞商會相比是間小店，不過說起來要在這個異世界開店，本來就需要有相當的生意頭腦。從這點來看，克里斯帝安的父親想必是個很有才幹的人吧。

而這位經商的中年男子，現在正把雙手盤在胸前，一臉不悅地坐在傑羅斯他們面前。

看來是克里斯帝安母親的女性也在旁邊，可是她沒開口說話，默默地觀察著他們這邊的狀況。

看起來他們家是由父親掌權。

「——所以？你是說這個可疑的男人能解決你的問題嗎？」

「是的。他手上有在伊斯特魯魔法學院調配出來的祕藥，只要喝下那個，就能夠解決我的痛苦。」

「那是能夠治療你精神疾病的祕藥嗎？我說這位可疑的商人，你倒是說說看啊？」

「嗯，問題是可以解決吧～畢竟令郎這算是先天性的疾病，如果照現在這樣下去，再過不久就會演變成最糟糕的狀況吧。據說令郎已經開始自殘了，不是嗎？這是危險的徵兆啊。」

「為什麼你知道這是先天性疾病？一個攤販怎麼會有這些知識？」

「這個～當然是因為我是魔導士啊。若非如此，我哪能得到這種祕藥呢。」

傑羅斯嘻皮笑臉，毫無緊張感的說道。

中年男性面對傑羅斯這樣的態度，心中只湧上了強烈的不信任感。

「所以說那個祕藥有什麼功效？」

「可以改變性別。說穿了，就是能讓男人的身體變成女人的身體喔～」

「別開玩笑了，克里斯帝安可是我重要的繼承人！你想把我家兒子變成女人嗎！」

「這也是無可奈何的吧？真要說起來，光是男性的身體裡有著女性的心理，就已經是一大問題嘍？一般來說，人在成長過程中，會自然而然地取得生理與心理的平衡，可是他反而愈來愈有身心不協調的感覺。他已經無法忍受自己現在的樣子了。」

「怎麼可能會有這種蠢事！明明生為男人，心理卻是女人？我可沒聽說過有這種病！」

生理與心理的不協調。這會隨著成長變化為對自己的厭惡感，然而克里斯帝安的父親卻不願接受這個說法。

性別認同障礙是從很久以前便存在的先天性障礙，不過這也是醫療技術隨著時代演進，心理學與生理學確立後才判明的障礙。

可是這異世界的醫療知識只有中世紀的水準，在無法理解的人眼中看來，只覺得有這種先天障礙的人瘋了。

「如果沒有相關知識，就會以為是有這種障礙的人瘋了，不去正視問題。但是跟他有同樣障礙的人，其實意外地還不少喔。」

「哼！你嘴上說的好聽，其實只是想騙錢吧？就跟那個神棍驅魔師一樣！」

「不，我只是因為這種祕藥也派不上用場，所以希望可以物盡其用啊？」

「少胡扯了！」

「我可是很認真的耶。令郎的狀況，問題就是他在性別認同上明明是女性，生理性別卻是男性，所以我想只要讓他變為女性，他的精神狀況就會穩定下來。先讓他試著喝下能夠暫時改變性別的藥水，觀察一陣子之後，再考慮正式變性吧。」

儘管大叔說話的口氣親切友善，但眼前這位父親的情緒反而更是激動。

傑羅斯其實也不是不能理解他父親的心情。

雖然對父母而言都是自己可愛的孩子，可是哪天突然說兒子變成女兒了，父母恐怕還是會昏倒吧。

假設他自己有兒子，而兒子離家幾年後回到家中，突然說「老爸，我……從明天起要當女人了」的話，他一定會覺得很難受。可能還會大發脾氣吧。

唯一幸運的是這世界不需要動變性手術，可以靠魔法藥讓人完全變成女性。

「給我滾出去，這樣成何體統！」

「不成體統的是你吧。就是有你這種人，擺出一副我都懂的樣子，對痛苦得快死的人說『你撐著點啊』、『只要熬過現在就沒事了』這種話。不是當事人，根本不可能理解對方的痛苦，卻還是以自己的價值觀否定對方的痛苦，把自己的意見強加在對方身上。而且就算這樣做錯了，也不會負起任何責任。我是可以回去喔？但是啊，假設事情演變成了最糟糕的狀況，閣下打算怎麼辦？」

「你、你想說什麼……」

「我是在問你，對於覺得男人的身體很可怕，甚至會自殘的他，在發生最糟糕的狀況時，『你能負起責任嗎？』這件事。你只會一味的否定，實際上卻沒提出任何解決的方法。你無視當事人的痛苦，只想隨便用一句『是你想太多了』就打發掉這件事。而且你根本不願去了解這問題對他來說有多嚴重。」

「我、我沒有做錯！」

「決定你有沒有做錯的人不是你，是正在受苦的令郎吧。閣下只不過是想把自己的價值觀強加在他身上。容我再三強調，這不是閣下的問題，是令郎自己的問題。沒有你干涉的餘地。再說這樣做究竟是對是錯，不試試看也不會知道啊……」

「唔……」

以父親的角度來看，這是他的寶貝兒子。

要讓兒子喝下來路不明的藥水，甚至變成女性，一般父母是不可能接受的。

大叔可以理解他站在父親的立場想要反對的心情。

然而實際上受苦的是克里斯帝安，旁人不知道，也不可能理解他有多痛苦。而他父親也多少有自覺，自己想要隨便處理掉這件事。

正因為他有自覺，所以當眼前這個可疑的男人戳破這點時，他便無可反駁了。

「……親愛的，我們就試試看吧。」

「妳在胡說什麼……」

「實際上受苦的是克里斯。我沒辦法再看這孩子繼續受苦下去了……如果有方法可以幫助他，我們就該試試看。」

至今為止都保持沉默的妻子開口插嘴，讓他的父親露出了驚訝的表情。

妻子對他而言，是一直陪在他身邊支持他，他最心愛的女性。而且妻子至今從未表現過這種反抗他決定的態度。

她恐怕是看兒子那樣自殘，希望能讓兒子解脫吧。可是她不知道方法。

「克里斯找到了拯救自己的方法。我們做父母的，不就該在一旁默默守護他嗎？畢竟連驅魔都沒有任何效果啊……」

「唔……我知道了。不過這藥水要是沒有效的話，我就要告你！」

「是是是……那看來是可以試試看嘍？」

「啊啊……爸爸、媽媽，謝謝你們……」

得到機會的克里斯帝安看起來真的非常高興。

一旁的大叔從道具欄中取出可讓人變成女性的「短時間變性藥」。因為大叔覺得比起一開始就讓他喝下「完全變性藥」，還是必須要花一點時間觀察情況。

「總之，請喝下這個短時間的女性變性藥。要注意的是這款藥在發揮效用與失效的時候，會給身體帶來劇烈的痛楚。」

「劇、劇烈的痛楚……嗎？」

「畢竟男性和女性的內臟跟骨骼構造都不同嘛。在重新建構身體的時候會產生劇痛。基本上我準備的這是藥效可以維持半天的藥水。」

「沒有藥效可以維持數天的藥水嗎？」

「那只要在失效前喝下能延長效果時間的魔法藥就好了。而且最後只要喝下能夠完全變為女性的藥水原液就好。」

「我、我知道了……」

克里斯帝安拿起短時間女性變性藥，和母親一起走進了房間。

現場只剩下傑羅斯與頑固的父親。

氣氛有夠尷尬。

『從他曾經找人為兒子驅魔來看，他基本上還是很擔心兒子吧。問題出在一旦面對的是超乎他理解的狀況，他就會變得頑固這點上了……』

大叔雖然為了轉移注意力而思考起別的事情，不過這種難以言喻的沉默實在太沉重，讓大叔猶豫著要不要開口打破沉默。

真要說起來，大叔也沒有可以能跟對方暢談的話題，只能順勢行動了。

『嗚哇啊啊啊啊啊啊啊啊啊啊啊啊！』

『克、克里斯？振作點，你還好嗎？啊啊……神啊！』

沒過多久，房裡傳來了克里斯帝安的慘叫，和母親對眼前的狀況不知所措的驚呼聲。

「開始了……」聽到這聲音，傑羅斯低聲說道。

因為大叔親身經歷過現在席捲克里斯帝安身體的痛楚，所以很能體會。

「你、你這傢伙，那藥水真的沒問題吧？他現在豈不是痛不欲生嗎！」

「那種痛楚……大概會持續個十分鐘左右吧。說實話，那痛得跟下地獄沒兩樣。不過畢竟是要改變身體構造，這也是理所當然。沒有痛苦不會有收穫的。」

「你、你胡扯也該有個限度！克里斯帝安！」

「哎呀哎呀，冷靜點。就算你現在衝進去找他，也幫不上什麼忙啊。」

「放、放開我！那可是我兒子，你有什麼權利……」

大叔一邊擒住大吵大鬧的父親，一邊繼續等待房裡的慘叫停歇。

大約十分鐘的時間，對他們來說卻漫長得駭人。

主要是指孩子受苦的時間，跟大叔要壓制父親的時間……

「……平靜下來了呢。」

「克里斯帝安！」

他的父親焦急地跑了過去。

平常走習慣的家中走廊，現在卻讓這父親覺得如同相隔萬里那樣遙遠，體感時間流逝得極為緩慢，這感覺令他無比煎熬。踏出的每一步看起來都像是慢動作。

而這段短暫卻又漫長的時間終於結束，他總算來到了兒子的房門前。

然後一鼓作氣地打開了門。

「唔！」

這時他看到的，是在鏡子前確認自己變為女性後的身體，並流下喜悅淚水的克里斯帝安身影。
簡單來說就是全裸的兒子，可是變性後的兒子模樣實在太美，令父親不禁倒抽了一口氣。
「啊啊……神啊……我、我終於……」
「克里斯……你很美喔。你終於找回原本的自己了呢。」
「媽媽……我…………」
「沒關係，不用多說。你從今以後，只要用女性的身分，正正當當的活下去就好。」
母女之間的對話令人動容。
看著眼前的光景，父親整個人僵住了，無法動彈。
「話說……親愛的？」
「唔？」
「你想看到什麼時候？雖說是我們的孩子，但克里斯現在可是女性喔？」
「不、不是……我也是擔心……」
「無須……辯解。」
「等等，聽我解……嘎呀啊啊啊啊啊啊啊啊啊啊啊啊啊啊啊！」
父親被母親給狠狠教訓了。
母親精準對著他的要害出拳，毫不留情地持續痛揍他。
大叔看著這悽慘的景象，口中只喃喃說了句「做得好」。
看來為母則強這句話無論在哪個世界都通用呢。

「非常感謝你。這麼一來……這麼一來，感覺我真的可以做為女人活下去了。」

◇　◇　◇　◇　◇　◇　◇

「不會不會，我這也是做生意啊。不用道謝。」
傍晚時分，大叔成功地修補了一個家庭的隔閡，在他們全家人的目送之下離去。
雖然父親身上纏滿了繃帶，模樣悽慘，不過這根本不重要。
畢竟走運的色狼是一定要被教訓一頓的。
「……喂，商人。」
「什麼事？」
「……女兒也不錯啊。畢竟原則上還是受你關照了，讓我道個謝吧。非常感謝你。」
『這個老爸，看到自己的兒子變成女生後，竟然開始覺得女兒很萌了嗎！』
眼前的父親臉頰泛紅。
畢竟好青年變成了大美女，大叔也多少能體會他的心情。
不過看到一把年紀的中年男子臉頰泛紅害羞的模樣，實在是滿噁心的。
「我只是來做做生意罷了。不需要感謝我。有緣再相會吧。那麼我就先告辭了……多謝惠顧～」
傑羅斯頭也沒回，揮了揮手後便離去了。
他換回平常的服裝，覺得自己做了件善事，愉快地取出香菸點火。

今天的菸格外好抽。

然而這時的他並沒有發現，有個人正盯著他。

「……聽，我總算找到你了！」

沒錯，就是他的親姊姊莎蘭娜，也就是麗美。

她在街角偶然間確認到弟弟的身影之後，便一路尾隨傑羅斯。

可是或許該說這兩人果然是姊弟吧，莎蘭娜也沒發現有一雙眼睛正盯著自己。

「……莎蘭，我找到妳嘍。」

那是外表變得削瘦憔悴的札彭。他的眼裡帶著危險的光芒。

他也是偶然在這座城鎮裡看見了莎蘭，才開始跟蹤她的。

從旁人的角度來看，這景象還真是可笑。

第五話　大叔遇見了受害者

人有時候就是會碰巧遇見自己不想見的對象。

也偏偏總是這些不想見的對象，會死纏爛打地一直追過來。

莎蘭娜正在尋找傑羅斯，也就是「大迫聰」。

她想從傑羅斯身上拿到能消除「回春靈藥」藥效的魔法藥，然而遺憾的是這種藥根本不存在。可是她仍為了尋求這不存在的東西而四處尋找著弟弟。

雖然她曾暫時安身於梅提斯聖法神國的異端審問部，但異端審問部卻被超乎常理的生物給擊潰了。

儘管那裡對她來說是個待起來很舒適的地方，如今卻也回不去了。

更何況莎蘭娜是企圖殺害公爵家繼承人的重大罪犯，已經遭到各國的通緝。

異端審問部是不容許任何失敗的無情部門，而莎蘭娜等人執行將「強大巨蟑」推給索利斯提亞魔法王國的這項任務宣告失敗了。

畢竟她是個罪犯，知道自己被人當成了用過即丟的棄子，不過這麼快就失去據點實在是一大損失。

在這種情況下，她還堅持遷怒到弟弟身上，真的很惡劣。

『聰……你老是妨礙我，等著瞧！我一定會報復你的……』

她尾隨走在前面的傑羅斯，暗自抱怨著。

雖然不管怎麼想都是她自作自受，但可惜她就是個自我中心到了極點的人。而且她完全不覺得自己有錯。

她不了解親弟弟為什麼這麼痛恨她，也沒打算要了解。

『是說你快點回家好不好啊！我還要你把我的錢還給我呢。』

內心毫無疑問地以自我中心的原則活到現在的她，完全認為「弟弟的錢＝自己的錢」。也就是因為她打從心底認為傑羅斯的財產是自己的東西，才更是可怕。真不懂到底要怎樣才能變成這種人。

不過她本人完全沒有惡意，只是徹底地貫徹自己的原則行事。

把除了自己以外的人都視為道具，也不曾對這樣的行事原則起疑。

對她而言這是理所當然的事。

而現在也有一個人正跟蹤著這樣的莎蘭娜。

沒錯，那個人就是札彭。

『莎蘭，妳果真欺騙了我嗎？而且我看妳好像在跟蹤前面那個男人，他是誰？』

他是個為愛而活的人。

他是個不知道自己遭到莎蘭娜利用，真心愛著她卻被奪走了所有財產的受害者。

在來到桑特魯城之前，他不斷反覆自問自答，精神狀態緊繃到了有危險的程度，結果徹底變了一個人。

以漁夫為業所鍛鍊出的好體魄如今變得骨瘦如柴、眼窩凹陷，儘管因為疲勞而幾度踉蹌，仍憑著一股執著追在莎蘭娜身後。

就算莎蘭娜看到了現在的他，也絕對認不出他就是札彭吧。

真要說起來，莎蘭娜早就把札彭的事給忘得一乾二淨了……

『難道那傢伙是妳新交上的男人嗎？既然如此……不，莎蘭也有可能是被騙了。莎蘭……我會讓妳清醒過來的……』

無論如何都想繼續相信愛情的這個男人，對傑羅斯產生了殺意。

不過傑羅斯感覺到了他的殺意。

「嗯？」

莎蘭娜見傑羅斯突然回頭，急忙躲進小巷，札彭則一時無法反應過來，停在原地。

札彭不懂傑羅斯為什麼會看向他這裡——可是他的身體無法動彈。

『怎、怎麼了……我的身體……動不了。』

札彭的內心一陣驚慌。

他簡直像是被人定了身，連一根手指都動不了。

這是因為傑羅斯在轉身的瞬間放出殺氣，讓札彭的身體僵住了。

這和魔物使用的「威嚇」能力一樣，是具有一定以上武術實力的人能夠使出的技巧，不過實際上能練到這種境界的人不多。

受到攻擊的札彭無法理解到底發生了什麼事，腦袋裡一片混亂。

『這是……怎麼回事？發生什麼事……』

「你……沒事吧？你的臉色看起來很糟耶？」

『！』

讓自己產生了殺意的男人，竟然在不知不覺間來到了身邊。

札彭的心臟劇烈跳動，身體不停顫抖。

「我看你身體相當虛弱，沒問題嗎？而且身體也在發抖，有沒有好好吃飯……我想應該是沒有吧，看你瘦得這麼慘不忍睹的樣子～……」

「……我、我有一段時間……沒吃東西了。因為……沒錢。」

「嗯……我接下來要去喝一杯，你要不要一起來？我看你似乎有什麼隱情，就算只是找個人說說，心情應該也會變得輕鬆點吧，怎麼樣？」

札彭不知所措。

不過這反而是個好機會。

「……我不能喝酒。我現在喝酒一定會倒下的……」

「這樣啊……你都說你身無分文了，那我請你吃飯吧。畢竟我看你好像有話想問我啊。」

札彭的背上冒出冷汗。

他意識到這是他至今為止的人生中，從未遇過的「危險人物」。

跟小混混那種擺明了就是普通人的強度不同，這男人擁有宛若老練傭兵的強韌感與觀察力。如果違逆他，不知道他會怎麼處置自己……然而札彭又很在意這個男人和自己心愛的莎蘭之間的關係。

札彭沒辦法拒絕，決定答應他的邀約。

「……這樣好嗎？」

「我今天賺了一點錢，要請一個人吃飯不是什麼問題。而且我看你很苦惱的樣子，就一起喝杯酒，聽你訴訴苦吧。別在意，這單純只是我一時興起罷了。」

「那麼……我就恭敬不如從命了。畢竟我還不想餓倒在街頭……」

儘管內心因為這出乎意料的發展而不知所措，札彭還是就這樣和傑羅斯一起踏進了附近的酒館。

而在另一邊看著這幅景象的莎蘭娜……

「……不要嚇人好不好！不過這下不妙了。走進那種酒館，我就沒地方可以躲了。我不能進店裡，又不能跟丟聽……都怪那個男人跑來攪局～！」

不出所料，她根本沒有察覺那就是札彭。

『沒辦法……先從附近的店裡觀察他們的狀況好了？反正他們暫時不會出來吧，我就吃個飯順便等他們出來。』

莎蘭娜決定進入酒館對面的咖啡廳。

她為了保險起見，確認了一下錢包，但裡面只剩下勉強能在便宜旅店住一晚的旅費了。

生性鋪張浪費的她當然不會有計畫地使用金錢，從札彭家偷來的錢早就用光了。

莎蘭娜當然不是能夠忍受貧窮生活的人，然而苟且偷生的她也沒剩下多少壽命，不管怎樣都沒有老實地認真打拚過活這個選項了。

結果她只點了一杯紅茶，在店裡坐了快兩個小時。

對店家來說還真是討厭的客人。

◇　◇　◇　◇　◇　◇　◇

傑羅斯有點在意這個對自己有殺意的男人。

他不記得自己在這個世界有跟誰結過仇……不，他或許有做過一些會招人怨恨的事情，但傑羅斯本人對此並沒有印象。

那個男人的動作看來就是個大外行，實在不像傭兵這種靠戰鬥維生的人。

這樣反而讓大叔無法不去在意他的背景。

兩人入座之後，打開手邊的菜單。

「你可以儘管點你想吃的東西……喔？我之前就很在意這道『嗆辣酥炸波羅莫羅鳥』了呢♪　我就點它吧。」

「我……跟你點一樣的就好了。畢竟我也不知道這一帶的招牌菜是什麼……」

「喔～……（他說這一帶？也就是說他不是桑特魯城的居民嘍。這下我更不懂他為什麼會對我懷恨在心了啊？）」

儘管心裡有許多疑問，但傑羅斯並未表現出來，繼續觀察著札彭。

總之他先請在酒館工作的女服務生過來，點了冰麥酒、嗆辣酥炸波羅莫羅鳥、湯和麵包。

這裡畢竟是酒館，餐點沒有立刻上桌，倒是麥酒很快就端來了。

「呼～～～！感覺人生就是為了這一杯而活的啊。你不覺得嗎？」

「我是可以理解，不過在這種情況下，真虧你喝得下去。」

「是你有事找我吧？我並不認識你，也不記得有做過什麼會被你那樣殺氣騰騰的怨恨的事情。雖然我確實有些在意這到底是什麼狀況，可是我也沒必要強行逼問你。畢竟這對我來說就只是這種程度的事情。」

「這樣啊……」

眼前的男人自此再也沒有開口。

陰沉。

晦暗。

與熱鬧的酒館格格不入。

只有他與周遭的喧鬧劃開了界線。

「喔，話說我還沒請教你的大名呢。我叫傑羅斯。是個不入流的魔導士。閣下呢？」

「……札彭。是個漁夫。」

「漁夫……這下我更不懂了。我應該沒有做過什麼會招惹漁夫怨恨的事情啊。既然這樣……事情就跟第三者有關了吧。是誰？」

「……」

札彭默不作聲，不打算再說更多了。

這狀況很令人煩躁，可是傑羅斯也不想在這時候硬逼他開口。

因為他覺得這種類型的人很容易陷入無謂的堅持。

『好了，該怎麼辦呢？雖然他看上去是個非常正經又老實的人，但我該怎麼讓話題繼續下去呢……畢竟他好像很鑽牛角尖啊。』

對方不像是能好好溝通的樣子。

光是和他面對面就覺得氣氛凝重，簡直像是被妻子拋棄的丈夫。

大叔是很想問清楚狀況，可是現在的氣氛實在不適合開口。

『他該不會是被女人騙了吧……嗯？等等，「被女人騙了」？該不會……』

傑羅斯想起了類似的狀況。

他以前在地球上曾經是一般的上班族，卻因為姊姊麗美在暗地裡搞事，害他遭到了裁員處分。原因是他任職的公司開發中的程式碼被洩漏給了別家公司。而當時相當於事件主嫌的男子，跟現在的札彭的情況十分相似。

被原本信任的對象背叛，思考走進了死胡同的樣子實在太像了。

『喂喂喂……那個垃圾女又搞事了？照這樣看來，應該還有其他受害者吧，可是這個人為什麼會找上我？那傢伙已經被通緝了，應該也沒人知道我們是姊弟啊。』

傑羅斯雖然意識到原因出在姊姊麗美身上，卻想不透為何會扯上自己。

就算姊姊遭到通緝，家族成員之類的個人情報應該也不會對外公開才對，所以循線找到傑羅斯的可能性很低。而傑羅斯也只有告訴少數人「自己有姊姊」這件事，這應該不是什麼公開情報。

就算事情透過多少知道內情的伊莉絲轉達給了嘉內她們幾個傭兵知道，傑羅斯也不認為伊莉絲會連他的個資都洩漏出去，所以他很在意札彭究竟是怎麼找上自己的。

「讓兩位久等了。」

「喔，謝謝。」

就在大叔思考這些事的時候，餐點上桌了。

是做成了乾燒蝦仁風味的炸雞，以及加入番茄燉煮而成的蔬菜湯。

烤得略硬的麵包冒出熱氣，層次豐富的香氣刺激著食慾。

「哇！居然連麵包都是酒館自己烤的喔……然後，這就是傳說中的嗆辣酥炸波羅莫羅鳥嗎！雖說是『嗆辣』，但這看起來好像超辣的耶，待我嚐嚐……」

「唔……我真的可以吃嗎？這……對我來說可是很奢侈的一餐喔？」

「儘管吃吧。這裡的消費還滿親民的，而且餓著肚子根本沒辦法好好溝通啊。不過這個真是……光是配著香氣就可以喝上三杯了！」

竄入鼻腔的香草氣味同時刺激著胃袋，令人心癢難耐。

札彭似乎也餓扁了，只見他嚥了嚥口水。

「就讓我來嚐嚐這波羅莫羅鳥究竟有多美味吧。」

「你為什麼這麼興奮啊？」

札彭雖然餓，卻不像傑羅斯那樣躍躍欲試。

他覺得食物只要能填飽肚子就好了，對味道不抱期望。

兩人用叉子叉起炸波羅莫羅鳥，靜靜送入口中。

「「！」」

要用一個字來形容的話就是「辣」。

可是在咬下去的瞬間，帶有鳥肉獨特鮮美與甜味的肉汁波濤洶湧地從辣味中湧現而出，擴散到整個口中。香草讓肉的滋味更上一層樓，光是吃一口，就將傑羅斯他們帶入了陶醉的領域。

雖然乍看之下很像乾燒蝦仁，兩者卻是完全不同的料理。

「「……真好吃。」」

他們只說得出這句話。

不，就算說除了「好吃」之外的任何形容詞都是多餘的也不為過。

這炸物就是如此的美味。

「怎、怎麼會這樣……這就是季節限定的鳥肉特有的美味嗎！」

「世界上竟然有這麼好吃的鳥類嗎！我至今為止所吃的雞肉究竟都是些什麼啊！」

「波羅莫羅鳥」。一到冬天，就會為了過冬而從北方飛到索利斯提亞魔法王國近郊的一種候鳥。

正確來說是鳥型的魔物，不過因為肉質細緻，帶有甜味的油脂也著實美味，擄獲了許多美食家的胃。繁殖能力強也是這種魔物的特徵之一。

但是這種「波羅莫羅鳥」通常會成群行動，又是生性火爆的雜食性魔物，因此有個外號是「天空的蟑螂」，若是大群來襲，就連傭兵都招架不住。

還有這種魔物逃跑的速度很快，不易捕捉。

「「……」」

兩人默默地品嚐著最上等的鳥肉。

不，仔細一看就會發現，酒館曾幾何時不再喧鬧，裡頭盡是些默默地品嚐著料理的人們。
現在能聽見的只有要加點的客人聲音，以及微弱的餐具碰撞聲。
用餐完畢後，兩人都露出了幸福無比的笑容。
「…………活著真好。」
「是啊……」
傑羅斯和札彭滿足於這世間的幸福，臉上帶著此生已了無遺憾的笑容。
「食」，那是人類所擁有的基礎本能，能夠帶來最原始的幸福感。無論時代如何進步，只要是生物，便無法反抗本能。
兩人的本能現在正獲得了滿足。
他們沉浸在「波羅莫羅鳥」的美味餘韻之中，默默地喝光了麥酒。
「……真好吃。」
「好滿足……」
真的滿足到不能再滿足了。
兩人幸福得甚至忘了原本的目的。
其他客人也同樣沉醉在幸福感之中。
時間靜靜流逝——回過神來，大叔才發現飯場土木工程公司的那古里也在店裡，他臉上也一樣掛著滿足的表情，懂得察言觀色的大叔知道這時候去打招呼很不識時務，便保持沉默。
「好了，既然填飽肚子了，也差不多該來談正事了吧。」

「……雖然不太重要，不過我們吃多久了啊？」

「在那樣美味的食物之前，這都只是枝微末節的瑣事。」

正確來說過了約兩個小時，但沉醉於美味之中的兩人覺得時間很短。

吃到美味的食物，無論是誰都會沉浸在那味覺的饗宴之中。

這是真理。

「我就直接問了。你剛才……為何對我展現出殺意？」

「雖然事到如今已經不重要了………但我正在尋找一位女性。」

「女性？女性……啊………」

「她叫莎蘭……是我發誓要結婚的對象。」

「莎蘭？這是我的猜測……不過那位女性趁你不在家時，把你家值錢的東西都偷走了吧？而且還偽裝成像是家裡被外人來洗劫過的樣子。」

「……你為什麼會知道？」

「這是那傢伙的常套手段。她總是把這種麻煩事丟給我……只因為我們是姊弟。」

傑羅斯──「大迫聰」在高中時期，有個感情很要好的女性朋友。

當時他雖然抱持著「如果能跟她交往就好了～」這種少年常有的淡淡期待之情，但好死不死，那位少女的哥哥和麗美勾搭在一起，麗美還要求對方當自己的提款機。

麗美甚至還靠著花言巧語接近聰的這位女性朋友，最終和對方建立起了能夠光明正大的踏進對方家裡的良好關係，眼見時機成熟了，便一點一滴地盜走貴重的金飾或財物。

最後甚至還打了一把備用鑰匙，看準對方家中無人的時機侵入行竊。

而且她沒有留下任何證據。備用鑰匙也是謹慎地刻意跑去鄰縣打的。

再加上為了讓別人揹黑鍋，她跟品行不良的小混混也有所往來。

麗美對男方堅稱自己是「受到威脅才幫忙的」，從頭到尾都一再強調自己受害者。說穿了對方就是她拿來利用完就丟的棄子。

然後每個人都相信她所說的話。

實際上那個小混混也犯下了竊盜罪，麗美讓他闖進已被翻箱倒櫃的家中，再私下通報警察，讓小混混作為現行犯遭到逮捕。

即使聰警告女孩「不要相信麗美」，跟他很要好的少女也只回他一句：「你姊姊人那麼好，你竟然不相信她嗎？真是太差勁了！」完全不願接受聰的忠告。

只有聰被當成了壞人。

結果聰沒能跟那位少女發展為比朋友更進一步的關係，反而因為麗美而招來對方的怨懟。

在那之後，他就再也沒有任何異性緣了。

「──────所以說，她從以前就是個很會搞事的人。我其實很希望她早點死一死啊～不過她應該很快就會自己死掉了啦……」

「姊弟……這我不相信。不管怎麼看她都比你年輕吧！你這說法不可信！」

「這就關係到『她活不久』的原因了。因為那女人殺害了某人，從對方身上奪走了名為『回春靈藥』的魔法藥，並靠著喝下那個魔法藥變回了二十多歲的年輕樣貌。問題是這回春靈藥具有副作用，變年輕幾歲，就會以兩倍的歲數老化回去。」

「等一下！那麼……莎蘭她今年幾歲？」

「四十六……不，今年應該四十七歲了吧？我不在乎，所以記得不是很清楚。」

「也就是說……她會老化成九十四歲？」

「所以那女人才拚命地找我呢……我手上明明沒有解藥，但她根本不相信別人說的話啊。她眼中只有對她有利的事情。」

「……不是你逼她喝的吧？而且你也沒辦法證明你這番話是事實。」

「我是無所謂喔。反正那女人是通緝犯，正在被賞金獵人追殺呢。就算苟延殘喘地活了下來，也只會變成老太婆死去。因為這一切都是她自作自受，我也不覺得良心不安。」

「唔……莎蘭……騙人……她竟然是這種女人。」

札彭仍然放不下，情感上拒絕接受傑羅斯所說的內容。

他不相信記憶中的莎蘭就是傑羅斯口中的莎蘭娜，想繼續抓著那段幸福的時光。

這也是許多跟莎蘭娜扯上關係的受害者的心境。

實在令人同情。

『真虧她每～次都能製造出如此依賴自己的受害者。雖然這點很可怕，但她除了一開始切入的手法之外，其他部分都做得挺隨便的吶……』

頭痛的是碰到這種感情上的問題，傑羅斯的話他們是聽不進去的。

只能靠當事人自己解決。

「唉～……假設你相信的那個莎蘭和我姊姊是同一個人好了，你接下來想怎麼辦？要哭天喊地嗎？還是要報仇呢……」

「這、這個……」

「根據你的說法，你似乎和她度過了一段相當美好的時光。我想問的是，假設那一切都是假的，你在這之後打算採取什麼樣的行動。」

札彭記憶中的莎蘭宛如聖女。

但札彭完全沒料到，那個形象只是莎蘭用來欺騙自己的假象，她的本質其實是個醜陋的罪犯。

最近才經歷過的幸福景象，讓他無法產生報復之心。

可是堪稱激烈的占有慾現在仍像地獄業火般熊熊燃燒著。

「……我想要確認，確認莎蘭是不是真的是那麼壞的女人……」

「嗯……我明白了。我稍微幫你點忙吧。」

「你想做什麼？」

「在我這裡有一種祕藥。我們要謊稱這是解藥，然後讓她看到。基本上是這樣安排的……（如此這般）」

「這、這樣不會太狠了嗎？」

「我覺得她一定會上鉤。那個女人正在找我，只要我們主動放餌，她想必馬上就會現身了吧。」

「……我答應你，但我可以自己決定我要採取什麼行動嗎？」

「可以啊。不過在那之前，我有不少東西要拿給你就是了。」

傑羅斯告訴札彭該如何設下圈套。

交代完所有事情之後，傑羅斯跟札彭一前一後地分別離開酒館。

『還好有問他話。我真是太大意了……沒想到會被那傢伙跟蹤。算了，就當作這樣可以省下我去誘導她上鉤的工夫吧……』

離開酒館後，傑羅斯立刻探查起周圍的氣息。

接著不出所料，他從酒館對面的某間咖啡廳那裡感覺到一股視線。

『找到了……她雖然有隱藏氣息，不過手法太粗糙了。我之前怎麼會沒察覺到啊……』

那股視線緊盯著他不放。

一般狀況下他應該會察覺到那股煩人又討厭的氣息。

傑羅斯正在反省自己竟然沒有發現這股氣息。

◇◇◇◇◇◇

「終於出來了……是要我等幾個小時啊！」

莎蘭娜一邊躲著，一邊不爽地抱怨在酒館待了那麼久的傑羅斯。

不過這時候衝出去也只會遭到反擊，或是作為通緝犯被帶去投案。

所以她按耐住心中的衝動，忍了下來。

『好，我要繼續跟蹤他！找到那傢伙的住處之後，我要先把值錢的東西全都收進我的口袋裡。』

莎蘭娜意氣昂揚地走出咖啡廳。

「總算走了。只點一杯紅茶到底是想坐多久啊……」看見她離開的女服務生，似乎在她身後如此抱怨著。

不過莎蘭娜完全不在意店家的反應，尾隨著傑羅斯。

而在她身後，原本待在酒館入口處觀察情況的札彭也開始跟蹤她。

『莎蘭……讓我好好確認一下妳究竟在想什麼吧。』

被壞女人利用的男人，因為一片真心而下了另一種決心。

第六話　大叔開始做姊弟吵架的事前準備

儘管感受到來自身後的視線，傑羅斯仍繼續走在桑特魯城的街道上。

老實說他一點都不想讓姊姊跟到自己家來，但要是錯過了這個大好機會，就不知道姊姊下次要到什麼時候才會再現身了。

『……無論如何都要解決掉她。』

他的心態早已像個獵人。打算徹底將獵物逼入絕境，再確實地奪走對方的性命。

真是美妙的姊弟愛啊。

「啊，是大叔。」

「喔，這不是強尼嗎。你今天在外面吃飯啊？」

「是啊！因為我今天好好工作了，所以孤兒院的婆婆有給我零用錢。」

「強、強尼！你應該要說祭司長才對！」

傑羅斯在移動的途中突然被強尼搭話。

在那裡是包含路賽莉絲在內的熟面孔們。

看樣子他們在舉辦二手市集後的慶功宴，一行人坐在餐廳的露天座位區享受著美食。

「今天辛苦啦。你們有賺到錢嗎？」

「不，因為我們這算是回饋社會活動的一環，所以商品售價都設定得比較低。雖然營業額還不錯，有沒有賺錢倒是其次。」

「哎呀，畢竟你們是聖職人員。要是滿腦子都想著要賺錢，就會變得跟某個國家一樣了呢。那個國家的人根本沒有人品可言啊。」

「叔叔你真的很討厭梅提斯聖法神國耶……」

「老實說，我是覺得四神的尖兵那種傢伙最好全都滅亡算了。不過裡頭還是有一些正常的信眾吶，真想建議他們趁現在趕快改信其他宗教。」

大叔坦蕩蕩的肯定了伊莉絲直白的感想。

既然邪神已經復活了，四神過往的榮華便有如風中殘燭。

其他諸神也開始出手干涉，準備將四神從行星管理神的位子上拉下來。

當不負責任女神們的惡行傳開，神聖將會翻轉為邪惡吧。

大叔非常期待這一刻的到來。

「我猜你們是在舉辦二手市集的慶功宴啦……是說嘉內小姐妳們今天做了些什麼？」

「我們嗎？我們去添購了工作上所需的用品。因為魔法藥可以請伊莉絲用『鑑定』確認，判斷品質的優劣。所以我們在預算內買到了品質不錯的藥。」

「『鑑定』技能真的很方便呢。如果能用在賭博上，就可以一舉致富了。」

「……伊莉絲小姐？妳該不會在賭場……」

「我才不會去賭場那種地方呢！只有不正經的人才會靠賭博賺錢啦！」

伊莉絲這番話重重地刺傷了雷娜。

她在檯面下是個赫赫有名的賭徒，在賭博圈裡打滾的人對她可都是敬畏三分。

跟某個祭司長是相反意義上的名人。

「是、是啊……小賭怡情也就罷了，要是賭上癮那就太差勁了呢……」

「雷娜，妳幹嘛這麼拚命的解釋啊？」

「沒什麼。只是伊莉絲的純真有時候會狠狠地刺傷我的心。不用介意……」

「我完全聽不懂耶？」

嘉內疑惑地歪了歪頭，不過雷娜似乎不想讓她繼續追問下去，像要逃避這個話題似地喝起了紅茶。

她不想公開自己有在出入賭場的事。

這也是為了孩子們著想。

「傑羅斯先生你在這之前做了些什麼呢？根據從亞特先生那裡聽來的消息，我只知道你好像跟客人去了什麼地方……」

「沒有啦，因為我賣了本來是出於玩心而製作的魔法藥，為了詳細說明商品的效用而去了客人家一趟。畢竟那是藥效很強的魔法藥，我覺得使用上還是需要徵求家屬的同意。」

「叔叔……你賣了什麼魔法藥？」

「……可以變性為女性的『完全變性藥』。」

「「「你賣掉了？」」」

路賽莉絲等人聽到他竟然賣出了這款在各種意義上來說都很難運用的魔法藥，都不禁驚呼出聲。

光是使用短時間變性藥都必須承受劇烈的痛楚了，所以她們從未想過會有人需要這種藥。而且還是完全變性的版本。

完全變性版本是一經使用，就絕對無法再變回男性的危險藥品。對於無法想像會有男性想要變性成女性的她們而言，聽到這種藥賣出去了的消息，自然是驚訝萬分。

「唉，這的確不是什麼可以賣給一般大眾的藥啦。」

「那是當然。要不是真有什麼隱情，沒人會想買那玩意兒吧。」

「……是啊，那應該是我們無法理解的心境吧。」

「是誰買了那種藥水？」

「很抱歉，因為這牽涉到個人隱私問題，我不方便透露詳情。我只能說對方真的為此十分煩惱。之前甚至還自殺未遂呢～」

伊莉絲是很想問他詳情，可是聽到大叔說對方「甚至還自殺未遂」之後，便有些忌憚了。

伊莉絲的腦海中閃過性別認同障礙一詞。

「那我先回去了，你們慢用啊。」

「什麼啊，大叔你怎麼這麼無情。」

「一起吃飯嘛！」

「凱很想吃肉耶，你不請客一下嗎？」

「肉～～～～！」

「閣下身上有點酒味呢……應該已經吃過飯了吧。無須勉強。」

這些小鬼還是老樣子，非常現實。

不過小鬼們嘴上雖然一如往常地聊著天，卻很在意傑羅斯走來的方向。

看來他們應該發現有人在跟蹤傑羅斯了。

『喔……他們發現跟在後面的那兩人了嗎。看樣子他們的成長超乎我的預期呢。後生可畏啊。』

究竟該為他們的成長感到高興呢，還是該害怕他們成長得如此迅速呢，這確實令人煩惱。

話雖如此，要是他們對尾隨在後的人產生興趣就麻煩了。

尤其是楓，她是「高階精靈」。如果莎蘭娜得知了她的存在，很可能會綁架她賣給奴隸商人。

大叔覺得以距離上來說，莎蘭娜八成聽不見他們這裡的對話內容，認為應該要事先警告一下他們。

「對了對了。近期內我姊姊可能會出現在各位的面前，還請各位多加防範，千萬不要相信她。」

「「「「「「咦？」」」」」」

「其實她從酒館就一路尾隨著我過來了，現在也在觀察這邊的狀況喔。畢竟她是通緝犯，要是能抓到她交給衛兵，就能領一筆懸賞金。嘉內小姐妳們或許可以試試看。不過路賽莉絲小姐妳要小心。像她那種人，很有可能會盤算著要把妳抓去當人質或是偷走你們的生活費，一定要保持警戒，不可鬆懈。」

在場所有人都顯得十分困惑。

畢竟她們是傑羅斯認識的人中最沒有戒心的一群人。

如果莎蘭娜裝出一副善良的樣子接近她們，她們想必會乾脆地接納她。

然而傑羅斯很清楚姊姊的常套手段。他先把這些經驗談告訴她們，是希望能藉此提高她們的戒心，在保護她們的同時先行破壞莎蘭娜的計謀。

由於她們跟莎蘭娜同為女性，一旦產生了共鳴，難保不會輕易淪陷。

「……叔叔，你打算趁這機會解決掉你姊姊吧？」

「那傢伙已經是罪犯了。不僅企圖刺殺茨維特，也殺害了好幾名商人。得讓她好好贖罪才行吧？」

「這麼說來，你之前畫了用來登在通緝令上的畫像對吧？」

「嗯，她的賞金還滿高的喔？這就是通緝令。」

酒館裡頭也有放通緝令。

大叔把從那裡拿來的幾張通緝令遞給了嘉內她們。

「懸賞金居然高達一千萬金？」

「這是怎樣，金額超高的耶！」

「因為她企圖謀害公爵家的繼承人，懸賞金自然高吧。明明是叔叔的家人，卻這麼惡劣……」

「雖然之前看到通緝令的時候，我們沒自信能查出她躲藏的地方，所以放棄了，但既然現在她都自己送上門了，正好。我想要順勢反擊，安潔，妳覺得呢？」

「這個嘛～強尼，你覺得我們要挑戰看看懸賞金嗎？」

「對方是刺客耶，我們不謹慎行動會有危險吧。再說對方應該也會有所防備。」

「拉維說的也有道理，可是在下認為可以一試。即使殺了對方也無所謂這點尤佳。其實我之前就很想試試了。如果是傑羅斯閣下的姊姊，想必相當有本事吧。」

「這女人感覺不會給我肉啊～～肉～～～～」

由熟人構成的包圍網就這樣完成了。

不過大叔總覺得似乎還不夠。

『該把亞特他們也拖下水嗎……』

熟人之中最有本事的亞特。

他們也很缺錢，生活困頓到就算只是一時的收入也好，總之想要錢。

儘管他們現在算是在公爵家作客，可是受對方太多照顧也讓他們飽受良心的譴責。

可是把亞特扯進這件事裡，他會有生命危險。危險主要是來自他的未婚妻唯就是了，不過唯光是聽到亞特在追捕女性通緝犯，說不定就會一刀捅死他。

唯愛吃醋的程度就是如此的誇張。

『還是算了吧。不然亞特也很可憐……』

大叔決定只要跟他們說一下狀況，叫他們多留意周遭就好。

主要的原因還是要是因此這樣導致他們家庭失和，大叔也很過意不去。

「好了，不好意思打擾你們吃飯。我先回去了，為了安全起見，你們最好趁現在記住她的模樣。她一定會經過這家店前面，你們好好看清楚，別被她發現嘍。」

「明明是要送親姊姊上斷頭臺，你卻毫不遲疑呢。」

「真不愧是大叔。」

「在下不能砍了她嗎？」

「判斷我們是不是能與她為敵，這也算是不錯的訓練吧。」

「懸賞金可以吃多少肉呢？」

「你們還真的是始終如一耶……」

比起嘉內她們，孩子們更有幹勁。

傑羅斯看著他們不禁苦笑，揮了揮手道別。

傑羅斯離去之後，有位女性跟他保持著一段距離，跟了上去。

或許是為了避免被賞金獵人發現，只見她壓低了兜帽遮住臉，同時防備著周遭的狀況，行動上沒有任何破綻。似乎也做好了隨時逃跑的準備。

然而這樣的行動反而異於常人，更顯得她很可疑。

「……來了。」

「嘉內小姐，人來了呢。」

「我看到嘍。怎麼辦？我們也要試著賺懸賞金看看嗎？」

「那個人就是傑羅斯先生的姊姊啊……姊弟也是百百種呢。」

路賽莉絲也是最近才跟親生姊姊見面，所以多少有點在意兄弟姊妹之間的關係，不過大叔和莎蘭娜之間的姊弟關係實在太極端了，甚至到了會令人疑惑的等級。

「是個大外行耶。如果她覺得那樣就不會被發現，那我們也能輕鬆搞定吧。」

「她防備成那樣反而更引人注目耶？拉維說的沒錯，我們或許可以輕鬆搞定她呢。」

「不，安潔，說不定她只是跟蹤的技術很差而已喔。別忘了她可是大叔的姊姊。不過照大叔所言，她應該最近就會出現在我們面前了，到時候再找空檔下手吧。」

「就算是我們也不會做得那麼明顯耶。想藏起一棵樹，就該去森林裡。光明正大的走在路上反而還比較不容易被發現啊。那麼我們就加入爭奪懸賞金的行列吧。肉……好吃……」

「不能現在就上前去砍了她嗎？」

『『『總覺得這些孩子更可怕……』』』

過去以竊盜維生的街童給出的評價有夠嚴苛。

這些孩子們對於企圖犯罪所需做好的心理準備比莎蘭娜更是周到。

他們透過觀察一般市民看不出的細微動作，就能看出莎蘭娜防範著傑羅斯的心境。

路賽莉絲很猶豫，不知道該稱讚他們觀察入微，還是該提醒他們還沒完全擺脫過去在社會底層的生活方式。

然而不管怎樣，都不改莎蘭娜已經被一群獵人盯上的事實。

◇◇◇◇◇◇

將時間稍微往回推。

莎蘭娜，也就是「大迫麗美」開始跟蹤弟弟，打算找出他目前的據點。

這時她目擊到聽在餐廳裡和認識的女性們交談的模樣。

『喔……看來他在這個世界裡也有認識的人呢。真是走運。』

麗美從以前就會利用聽的人際關係，做一些對自己有利的事。

她的手法是這樣的。

總之先鎖定聽身邊看起來派得上用場的人，著手調查跟目標有關的情報，接近並和對方打好關係。

在建立起充分的信賴關係時，灌輸對方錯誤的觀念，讓對方開始不信任會來妨礙她的聽。

如此一來，對方就會對聽抱有不好的印象，相信麗美說的話。

像這樣破壞了對方與聽的關係之後，再徹底利用對方。

最後等到對方沒有任何利用價值了，再一腳踢開。

她這次也跟以前一樣，開始評定跟聽交談的這些人是否「派得上用場」。

『……那幾個女的是傭兵嗎？兩個劍士、一個魔導士，還有一個祭司……正統RPG小隊呢。』

麗美也絕對不是笨蛋。

她知道傭兵大多生活困苦，很難接到高額委託案。

這些人看起來實在不像有錢人。

『賣給奴隸商人應該可以賣到不錯的價錢。那身材跟長相……看了真不爽。』

麗美對路賽莉絲、嘉內與雷娜充滿了惡意。

畢竟她現在真正的年齡是四十六歲。年輕貌美的女性正是她嫉妒的對象。

她為了變年輕而用了「回春靈藥」，結果就不用說了。

雖然這全是她自作自受，但麗美的字典裡面沒有反省這個詞。

她是真的認為自己的失敗都是別人造成的。

『這下正好。既然是聽認識的人，那麼為了我而犧牲應該也無所謂吧。因為我們會變成朋友啊……呵呵呵。』

這個人真的是爛到無藥可救了。

可是對於不願工作，只靠著他人的犧牲來生活的麗美而言，這是再平常不過的事了。

而且無論雙親或弟弟對她說了什麼，她都絕對不會改變自己的生活方式。

以某方面而言她確實是貫徹始終。

如果她有些品格，還能算是個有尊嚴的高傲惡徒吧，然而遺憾的是她就是那種小奸小惡之輩，根本不可能有什麼高尚情操。

『對了……要是能弄到一些可以認出她們筆跡的東西，之後就好辦了。反正也做不了什麼科學調查，這世界還真方便呢。』

這個世界的合約幾乎都是認親筆簽名。

因為沒有鑑定指紋之類的科學調查方法，就算實際簽約的對象是別人，只要筆跡相同，合約就算有效。

也就是說，只要能準備好戶籍和筆跡，即使不是本人，也能夠簽下借據。

所以這點常被惡劣的罪犯拿來利用。

『是說你到底要講多久啊！快點走了好不好！』

聽和女性們在餐廳的露天座位區聊天。

旁邊還有一群看起來有些臭屁的小孩子，讓她更是煩躁。

麗美也很討厭小孩。

雖然聽沒有講太久，麗美卻還是雙手抱胸，不斷用手指敲著手臂，明顯地表現出她的不耐煩。

她也討厭等待。

再說麗美是通緝犯，當她在這裡等待的時候，也可能會有賞金獵人現身追捕她。

就在她煩躁不已時，傑羅斯揮揮手，離開了那裡。

『……是想讓我等多久啊！這個笨弟弟真是的，一點也不機靈。』

看到聰總算移動了，讓麗美鬆了口氣，急忙追在他身後。

她當然還是戴上了兜帽，避免被人看見臉孔，同時戒備著周圍，保持隨時都可以逃跑的狀態。

『等著瞧吧！我會收下你所有的財產……唔呼呼。』

儘管她遮著臉，臉上仍浮現出惡劣狠毒的笑容。

可是她忘記了。

最了解她的人就是聰，而聰很有可能會預測到她接下來將會採取什麼行動這件事——

經過餐廳前的麗美沒有發現，這裡有一群小孩正用觀察獵物的眼神在打量她。

◇◇◇◇◇◇

「喔？」

「「「咕咕！」」」

大叔穿過教會旁的小路來到自家門前，就看到三隻黑色的咕咕。

那是大叔要回桑特魯城的時候，暫時和他分頭行動的烏凱牠們。

「你們回來啦，有什麼收穫嗎？」

「咕咕，咕咕咕咕。（師傅，我們經歷了一段很不錯的修行喔。實戰果然棒啊。）」

「咕咕咕咕。（嗯，我們了解了自身的不足之處。今後會更加賣力修行，還請您多加指導。）」

「咕，咕咕。（雖然犯下了讓獵物逃走的失誤，但那是修練不足所致。表示在下的實力還有待加強啊。）」

「讓獵物逃走了？你們嗎？真不敢相信……」

傑羅斯比任何人都清楚烏凱牠們強的有多誇張。

他估計連飛龍級的怪物，烏凱牠們都能夠輕鬆獲勝。

所以他根本想不到烏凱牠們竟然會讓獵物溜走。

「你們到底是跟什麼魔物交手了？難道遇到龍了嗎？」

「咕咕。（是個黑漆漆的傢伙。）」

「咕咕咕。（嗯，外表很像傳聞中的龍。可是……不尋常。）」

「咕咕咕咕。（那是隻怪異的魔物，身上沒有體毛和羽毛的地方上，浮現無數的人臉。）」

「……有這種魔物嗎～？是新品種？稀有品種？搞不懂……」

大叔對烏凱牠們所形容的魔物完全沒印象。

即使是在「Sword and Sorcery」之中，也沒有牠們口中敘述的這種魔物。

是因為這裡是異世界嗎？還是基於某些要素而誕生的魔物呢？他所知的情報太少了，難以判斷。

『身上浮現人臉……啊。要說符合這個特徵的……』

在大叔的記憶中，只有最終魔王「邪神」的身上有這個特徵。

邪神的模樣本來就夠駭人的了，體表上還會浮現出無數痛苦扭曲的人類或動物面孔。

即使改變型態，這個特徵也不會消失，大叔還記得每次攻擊時，這些臉都會發出噁心的慘叫聲。

「哎呀，再想下去也沒用。是說你們長途跋涉也累了吧？好好休息吧。」

「咕咕。（多謝體恤。）」

「咕咕咕咕咕。（今晚似乎可以好好休息了。）」

「咕咕咕咕。（畢竟一路上都沒能好好休息啊。有家可歸真是件幸福的事。）」

「你們到底跑到多遠的地方去了？」

傑羅斯知道烏凱牠們接受了凶惡的大自然洗禮。

烏凱牠們一回到雞舍裡，就被其他的咕咕們團團圍住。

想必牠們今晚得和伙伴講述在外的英雄事蹟吧。看來牠們還沒辦法休息。

「好了……為了以防萬一，還是做點準備吧。」

大叔踏入家門後，朝著放在客廳的實驗器具走去。

接著他從道具欄裡取出了「史萊姆核心」和「白楊樹的樹汁」，以及其他幾樣物品。

其中甚至包含了鐵塊。

「喔？傑羅斯先生，你回來啦……你回來得有點晚耶？」

「是亞特啊。你睡了多久？你要是一整天都沒有去唯小姐那裡露個臉，可是會被冠上莫須有的罪名捅死喔？」

「不要說這麼可怕的話啦！就因為很有可能會發生所以超可怕的！」

「你說了兩次可怕耶……看來你是真的很怕。」

「實際上，她要不是有孕在身，應該真的會動手捅死我……話說，你一回來就要調合？你這次又打算要做什麼危險的玩意啊。」

「看到這些材料就知道了吧。是『木工接著劑』和『鐵粉』啦。我覺得可能會派上用場。」

「那種東西要用在哪裡啊？」

大叔向亞特說明。

聽了大叔的說明，得知傑羅斯的姊姊已經侵入了這座城鎮，讓亞特不禁苦著一張臉。

「真的假的……這種姊弟關係還真討厭。不過在喜歡把別人拖下水這一點上，你們也挺像的啊。」

「你這評價還真討厭。居然把我跟那種傢伙當成同類，簡直是在羞辱我。我啊，在『Sword and Sorcery』裡面雖然想幹嘛就幹嘛，但我不會在現實中做那些事的。」

「不是，你這樣說也沒有說服力啊……你早就失手幹下一些誇張事了吧。」

「即使如此，跟在『Sword and Sorcery』那時相比，我也算是很客氣的嘍？至少我不會在防衛戰時砲轟我方的人，或是隨便散布危險的魔法藥，讓大家都發狂啊。再說啊～你一定也曾經背著我幹過不少好事吧。」

「唔……總覺得你好像察覺到了我不想讓人知道的事。」

傑羅斯想起了自己在橋梁施工現場與魔物交戰時的事。

他打倒那個魔物後，得到了「邪神石」。

照一般的狀況來推斷，沒有人會喜歡帶著這種會釋放出瘴氣的石頭。雖然不知道對方是拿魔物還是人類做實驗，但傑羅斯覺得這是人為造成的。

如果這件事跟「玩家」有關，那麼最可疑的人就是亞特。正因為他隸屬於伊薩拉斯王國，很有可能是考慮要運用在軍事層面上，才會做此實驗。

而亞特也想起了當時和傑羅斯交手的狀況。

雖然他在戰鬥時有蒙面，身分應該不至於曝光，可是仔細想想，這個世界上應該沒多少人能跟傑羅斯戰到不分軒輊。

亞特無法否認，大叔可能是靠消去法推斷出對手是他的。

『這件事……我真的要帶進墳墓裡去。要是被他發現是我，天曉得他以後會拜託我去做多危險的事情……絕對不能讓這個人發現。我不管怎樣都要想辦法蒙混過去。』

為了保身，亞特暗自下定決心，絕對不跟任何人說這件事。

「算了，我也不想跟其他國家的內政問題扯上關係。我就不多問了。」

「拜託你了……這一旦出了什麼差錯，事情就大條了。要是我得留下唯去吃牢飯，那可不是鬧著玩的。」

「……剛剛這句話我也當作沒聽到吧。雖然我心中的懷疑變成肯定了。」

「……我真心誠意地拜託你。（糟、糟啦！）」

或許是因為雙方認識而大意了，亞特不小心說錯了話。

不過傑羅斯也不想害認識的人入獄，更重要的是他也不想被唯捅死。

遭到病嬌怨恨這種事他可是敬謝不敏。

「不過傑羅斯先生的姊姊啊……我有點好奇，她是遊戲玩家嗎？」

「怎麼可能。她可是個只會吃跟睡，一有錢就會胡亂揮霍的廢物敗家女喔？要她窩在家裡玩網路遊戲這種事，絕對不可能。」

「我聽了傑羅斯先生你的說明之後也是這樣想的。但既然這樣，她是為什麼會來玩『Sword and Sorcery』啊……」

「我猜她是因為沒錢花，所以籠絡了某處的同胞（阿宅），跑去賴在人家家裡了吧。因為沒事做所以玩起了『Sword and Sorcery』，卻因為缺乏協調性，無法跟人家組隊，所以變成專玩ＰＫ的玩家了吧～」

「啊～……原來如此。」

「我猜我們應該在遊戲裡有處刑過那個婊子。畢竟她在聽到『殲滅者』這個名號的時候，看起來莫名的害怕。」

「你們究竟在遊戲內與現實生活中骨肉相爭了多久啊。」

無論在現實還是虛擬環境中，這對姊弟似乎就是會遇上對方。

兩人有如磁鐵般，被負面引力吸引在一起，又在名為鬥爭的反作用力運作下分開，然後不斷反覆這個過程。

在其中一人消滅之前絕對不會結束，受到詛咒的命運。企圖利用對方的人，和打從心底厭惡對方的人，雙方絕對不可能有和平交會的一天。

「我這次一定要送她上路。哼哼哼哼……」

「好可怕！唉，不管怎樣，這個世界真是個好世界呢。對你姊姊而言是個最適合犯罪的世界，對傑羅斯先生來說則是最適合收拾掉這個姊姊的世界。而且站在傑羅斯先生的立場上來看，還可以打著維護正義的名號……」

「真的……這裡實在是個很好的世界呢。原本的世界因為科學搜查太過發達，不管再怎麼可恨的傢伙，也會因為有人礙事，只要動手殺了對方就會構成犯罪呢……我雖然擬定了計畫，卻因為感覺會留下許多證據，害得我就算想收拾她，也沒辦法那麼做。」

「傑羅斯先生，你這毫不遲疑的態度很可怕耶……感覺你已經準備好對策了。」

「那當然！為了這一刻，我可是得到了許多人的協助。在她打算暗殺公爵家的人時，她的運氣就用盡了。她現在已經成了不問死活的通緝犯了。」

「那也是你刻意透露消息出去的吧。因為你想在這個世界實現在地球上無法做到的事啊。」

「呵呵呵，這不是當然的嗎。你以為我知道她的存在後，會放過這個大好機會嗎？」

傑羅斯臉上露出了邪惡的笑容。

看到他這表情，亞特怕得身體都要顫抖起來了。

這跟他害怕唯的感覺完全不同。人類的恨意這種單純又駭人的負面情緒，光是看著就足以讓人背脊發涼。

『我……絕對不要與這個人為敵。要是遭他怨恨，感覺他會一路追殺我到天涯海角。』

如果說在「Sword and Sorcery」裡的傑羅斯是不正經到了恐怖的程度，現在的傑羅斯就是有著邪惡執念的恐怖。恐怖的本質大相逕庭。

亞特甚至不想接近被這個凶殘的魔導士盯上的姊姊。

「對了對了，亞特你要直接殺掉她也行喔？畢竟你才剛結婚，而小孩又快出生了，生活費應該很拮据吧？」

「你居然想這樣輕描淡寫的叫我去弄髒我的手？」

「哈哈哈，只要能獲得懸賞金，就不用擔心生活了喔？這也不是什麼壞事吧。反正通緝不問生死，跟你至今殺掉的那些盜賊沒兩樣啦。」

「也就是說只要能解決掉她，不管是當場殺害還是送上刑場都沒差嘍？」

「如果那傢伙能夠為了他人的幸福而死，也是很榮譽的一件事吧？反正就是個只會毒害他人的女人罷了……」

「我覺得傑羅斯先生才是劇毒……真不想跟這件事扯上關係。」

惡魔存在人的心中。

此時的亞特真心地這麼想著。

◇◇◇◇◇◇

「我忘了……有那些怪物在…………」

莎蘭娜雖然找到了傑羅斯的據點，卻在庭院裡看到了黑與白的惡魔們的身影。

而且數量還不只她之前碰過的那三隻，在她的所見範圍內，包含小雞總共約有二十隻吧。

即使她利用「潛影術」潛入影子之中，也有可能會被直覺敏銳的惡魔們察覺。可以想見她無法逃脫，慘遭惡魔痛揍一頓的下場。

光有那三隻就夠棘手了，這種怪物居然直接放養，在院子昂首闊步。

這麼一來她就無法潛入傑羅斯家裡洗劫財物了。

『不過對象畢竟是聰，他有可能把財物放在別的地方保管呢……』

麗美曾經在他還是個上班族時，溜進他的員工宿舍。

可是她記得自己在宿舍裡找不到存摺，所以沒辦法去提款。

聰一定是為了防範麗美，準備了許多對策吧。

『真麻煩……這樣我沒辦法靠近他家，而且就算我能闖進去，也不知道值錢的東西放在哪裡。我想八成是收在道具欄裡，可是他肯定不會老實地交出來。實力也是他壓倒性的占了上風，要是碰面了，他絕對會立馬殺過來。』

儘管她基於偏執而一路跟蹤到了這裡，可是仔細想想，她現在手上已經沒有之前與傑羅斯交手時使用掉的「魔人偶」了，老實說很難和高等級的傑羅斯對抗。

她的手邊還留有一些本以為在之前的戰鬥中就已經用完了的「替身人偶」和「獻祭人偶」，算是不幸中的大幸，但還是不能掉以輕心。

要是不小心暴露了行蹤，肯定會被秒殺。

『這傢伙真有夠麻煩的！既然這樣，只剩下一個辦法了……聰，我要毀了你的生活。你就儘管為了跟我作對一事而後悔吧！』

遷怒到了這種程度，也只說她真是厲害了。

考量到自己所剩無幾的壽命，她必須立刻採取行動。

於是麗美——莎蘭娜動了起來。

完全沒發現有一個男人正在觀察著她——

第七話　莎蘭娜成了撲火的飛蛾

莎蘭娜趁著這幾天調查了周遭的狀況，掌握了聽的人際關係。

麻煩的是聽和公爵家有往來，但幸好他不是公爵的部下。

既然如此，接下來的問題就是他的朋友們了。

跟他交流頻繁的鄰居是負責管理教會兼孤兒院的神官，以及神官照顧的孩子們。

此外由那位神官的朋友組成的一組女性傭兵小隊，目前也借住在教會裡面。

『利用祭司長感覺不太好。畢竟梅提斯聖法神國有關於我的紀錄，而且根據打聽到的消息，目前在政治關係上，梅提斯聖法神國處於被周圍國家壓制的狀況。他們很有可能會為了洗刷形象而出賣我。』

統管桑特魯城孤兒院的祭司長，是由梅提斯聖法神國派遣過來的正式祭司。而且底下還掌管了包含實習神官在內的眾多神官們。

梅提斯聖法神國最近在北方邊境平原的戰鬥吃了一場敗仗，又因為災害導致國內局勢不穩。目前正需要其他國家援助吧。

要是梅提斯聖法神國企圖把「強大巨蟑」推給索利斯提亞魔法王國處理的事東窗事發，也甭提什麼請求援助的事了。

更何況莎蘭娜參加了那場作戰，而且執行失敗了。儘管她在表面上是異端審問官，但她當然不能暴露自己是諜報人員的事實，她所處的立場真是糟透了。

『沒想到到了這一步，曾待過那個國家的事反而成了枷鎖。這樣的話，還是從那群傭兵下手比較好吧……一個胸大無腦的女人和一個騷包的討厭女人，再來就是一個小鬼。她們看起來很笨很好騙，但不知道她們跟聽到底有多熟。而且關鍵在於能否順利拉攏她們。是說他們為什麼是鄰居啦！』

依照莎蘭娜從附近居民口中問到的情報，傑羅斯似乎有在援助教會，送過教會好幾次禮。所以即使莎蘭娜順利的混入了教會，也一定很快就會被發現，演變成大打出手的局面。

雙方一旦交手，可以想見絕對是莎蘭娜會落敗。

畢竟她的親弟弟可是「殲滅者」。那是一群會毫不留情地把PK玩家當成實驗對象，並喜孜孜地把人打落絕望深淵的殘暴傢伙。而傑羅斯正是其中一員。

莎蘭娜曾經找上「殲滅者」小隊PK過一次，下場慘不忍睹。

她不僅被殲滅者們強行裝上了受詛咒的裝備，倒吊在世界樹上，甚至還被他們當成殘暴魔法的攻擊目標，直到她的角色死亡，重生回到作為據點的城鎮。

而且因為她是紅人，所以「殲滅者」們不會受到任何系統懲罰。不懂遊戲機制的麗美那時還大肆抱怨，覺得這很不公平。（註：在網路遊戲裡面的PK玩家名字通常會以紅字標示，在台灣俗稱為「紅人」。通常一般玩家打倒紅人不會受到系統的懲罰。）

此外不止喜歡利用他人這點，她那個習慣把自己的失敗歸咎到其他PK伙伴身上的任性態度，也讓所有PK玩家受夠了她，導致她後來成了一個落單玩家。

她就算是玩遊戲也無法老實承認自己的失敗，會有這樣的下場也是理所當然的吧。

『……算了，無所謂。反正聽應該早就跟她們提過我的事了。不過呢，不管他多麼小心謹慎，只要讓她們的認知產生一點落差，對方就會輕易地相信我了。雖然聽也多少有從經驗中學到了一點，但他還太嫩了。他以為光憑這樣就能夠阻止我嗎？』

由於過去已經成功過很多次了，所以她相信這次一定也是自己會獲勝。

受到莎蘭娜危害的人們不是已經死了，就是因為受騙上當而變得情緒不穩，即使想找她報復，動作也沒那麼快，還有時間。

她認為自己只要在這段時間內能夠遠走高飛，逃到其他國家就好了。

這是她根據過往經驗所做出的盤算。

『首先要讓那個一臉聖女樣的神官相信我。為此……』

莎蘭娜故意弄髒身上穿的衣服，顯得一副貧困不堪的樣子。

然後不知該說幸或不幸，因為她這幾天都沒有好好吃飯，使得她看起來就像個不幸的女人。會盡可能的利用現有的一切資源這點，還真是他們姊弟倆共通的特質。

莎蘭娜開始跟蹤她的首要目標，神官。

神官現在正在購物，傭兵之一的巨乳女陪著她，這點似乎也可以善加利用。

『先繞過去……』

因為肚子餓，所以她走起路來是真的搖搖晃晃的。

她把這點也估算在內，抓準兩人走過來的瞬間，從小巷裡走出來，誇張地倒在神官面前。

因為立刻爬起來反而會顯得很不自然，她還加上了虛弱地緩緩起身的演技。

「……啊。」

「不、不好了！嘉內，麻煩妳拿一下東西！」

「喔喔……」

訣竅是即使起身，也沒辦法立刻站起來，要裝出自己頭暈目眩的樣子。這樣就可以提高自己身體虛弱的可信度。

根據事前打探到的消息，莎蘭娜知道這兩人都是那種爛好人個性，因此在心中暗自竊喜第一階段的作戰成功了。不過她絕對不會表現出這些內心的嘲諷。

「妳沒事吧？振作點！」

「對、對不起……我……沒事的……」

「妳的身體都這麼虛弱了，哪裡像是沒事的樣子！先找個地方休息……」

利用他人的親切，攻破對方的心防。

就算聽有警告過她們，人還是會透過外在表現跟幾天下來的行動來判斷一個人的品行。

更何況彼此都是女性，只要煽動對方的同情心，便能輕易地趁隙攻破心防。

接下來只要配合利用對象的心境與言行，誘導對方與自己產生共鳴。

是反向利用同性之間的同理心的手法。

其中也包含了讓對方以為她不是聽的家人的盤算。

「我、我真的……沒事的……啊。」

「妳別勉強自己站起來！有沒有可以休息的地方……」

「傭兵公會就在前面。要不要先送她過去那邊？」

「說得也是……麻煩嘉內妳也來幫忙一下。」

「我知道了。要出力的工作就交給我吧。」

莎蘭娜就這樣成功地獲得了和目標建立起關係的契機。

再來只要用她舌燦蓮花的功力拐騙對方，加深對方對她的信任就好了。

◇◇◇◇◇◇

「……我看妳身體相當虛弱，是發生什麼事了嗎？雖然我沒辦法保證只要妳說出來我們就一定能夠幫助妳……畢竟我們能做到的事情也很有限。」

「是啊……儘管要視實際狀況而定，不過可以的話，我們會盡可能地協助妳。只是，那個……如果妳碰上的問題太嚴重，我們就真的幫不上忙了……」

「……不，光是兩位有這份心意我就很高興了。畢竟至今為止，都沒有人可以陪我商量……」

在傭兵公會的食堂裡，路賽莉絲她們正在聽方才援救的女性陳述她的遭遇。

照她的說法，是她丈夫帶走店裡的營收，跟其他女人不知道私奔上哪去了。

她基於和其他商人簽訂的契約，需要錢去進一些無論如何都必須進貨的商品，甚至拿店面做擔保去借了錢來進貨，可是營業額一直上不去，唯有累積的利息不斷增加，最後只能將店面脫手。

簡直是人生墜入谷底的範本。

「這遭遇……比我想像中來得更為沉重啊。」

「是啊……不過桑特魯城裡有那樣的店家嗎？」

「……我本來是想去其他城市裡重新來過，才會來到感覺有不少工作機會的這座桑特魯城……可是說來慚愧，我的盤纏已經用盡了……」

「那妳接下來的生活該怎麼辦？」

「這……我也只能去賣身，想辦法賺點錢……」

「這座城市對娼婦的管理很嚴格喔？因為偶爾會有罪犯假扮成娼婦混進來。所以無論是哪家娼館，都會特別嚴格地進行身家調查。更何況妳是從其他城鎮來的，我想應該沒什麼店家願意僱用妳喔？不過妳要是有之前居住城市的戶籍或是其他連鎖娼館的介紹信，那就另當別論了。」

「怎、怎麼會……那我只能找找看有沒有地方能讓我工作了……」

每座城鎮的法律，會因管理該處的領主規定而有所不同。

桑特魯城的法律尤其嚴厲，畢竟娼館可能會成為散播性病的溫床，所以不會隨便僱用來自外地的女性。

此外也有許多犯下竊盜等輕罪的女性奴隸會以更生的名義在娼館工作，而且基於職業特性，娼婦也很容易捲入糾紛中。因此一般人想成為娼婦，必須經過商人與行政官的嚴格審查。

簡單來說就是會鉅細靡遺地調查對象是否有戶籍之類的身分證明、有沒有前科、過去工作過的職場評價、家庭狀況、至今罹患過的疾病等事項。

身家調查嚴格到來歷不明的人就連想去娼館工作都辦不到。

「居、居然有這些規定……因為我等於是從其他國家私奔過來嫁給他的，所以沒有這個國家的戶籍。丈夫好像也沒有幫我辦理相關的手續。啊啊，我往後該如何是好……」

「那他根本一開始就盤算著要拋棄妳了吧！什麼爛男人啊……」

「不過這下可傷腦筋了呢。基於立場，我也沒辦法僱用妳……」

「不，妳們光是這樣請我吃飯，我就已經感激不盡了……接下來的事情我會自己想辦法處理的。」

「不是，妳沒辦法處理吧。妳沒有戶籍的話，沒人會僱用妳喔。」

「我會自己想辦法的。追根究柢，是我自己沒眼光，遇上了丈夫那種過分的人……」

同樣身為女人，她的遭遇聽來實在太悽慘了。

可是路賽莉絲她們無法幫她介紹工作。

頂多只能讓她去當傭兵，但是傭兵在階級還沒升上去的時候也很窮困。

不管怎樣都無法解決她眼下的生活費問題。

「路，怎麼辦？這時候拋下她不管，良心上也很過意不去……」

「這個嘛……祭司長說過，『如果無法為撿到的生命負責，一開始就別撿動物回來』。所以在她多少存到一點旅費之前，先讓她在我這邊工作吧。」

「祭司長的確說過呢……等一下，她又不是小貓小狗……」

「但在意義上是一樣的喔？面對生活有困難的對象，對人伸出援手卻又無法負責到最後，那實在太不負責任了。雖然反過來說，要是我們都援助對方了，對方卻無法獨立，那就是當事人不負責了。」

「是啊，那種仰賴他人的善意行寄生之實的人最差勁了。既然這樣，要讓她下田工作嗎？」

「應該會這麼做吧。雖然因為栽種藥草，最近生活上比較沒那麼拮据了，不過我們在財務方面還是稱不上寬裕。」

「所以兩位的意思是，可以暫時僱用我，但我必須要在存到生活費之後找到工作，是這樣嗎？」

「是的。雖然教會是靠著領取國家補助金來營運的，但財務上並不寬裕，所以只能讓妳在短期內待在我們這裡工作，可以嗎？」

女性表現出在思考的樣子。

教會要負責照顧收養來的孤兒們，所以在資金方面沒有太多餘裕。儘管藥草能賣到不錯的價錢，卻也不是所有藥草都能以高價賣出。

而且可以採收的藥草也會有品質上的落差，需要能夠辨別品質的觀察力。再說優質的藥草一旦過了產季，價格便會一落千丈，這也是這世界的常識。

「……我明白了。還請讓我接受您的好意……神官小姐。」

「不會，我這邊很缺人手，有人能來幫忙，我也算是得救了。」

「喂……我們沒事的時候也都有幫忙啊？」

「不過不是每天吧？藥草畢竟是野草，成長得很快。長太大是賣不掉的。」

「對不起，我們只能不定期幫忙……」

嘉內等人身為傭兵，不可能每天都來幫忙採收藥草。

有時接到委託，還會連續幾天都不回教會。

教會的孩子們也都為了能早日自立而忙碌著，所以栽種的藥草中有幾成會因為長過頭而無法拿去販售。雖然路賽莉絲會藉著把藥草調合製成藥水的方式來減少這方面的損失，但她也沒辦法處理掉所有錯過採收期的藥草。

儘管這樣比直接浪費掉來得好，可是調合出的藥水要是沒賣掉，也會變成庫存。

藥水當成商品也只能便宜賣，除了加工過可以放比較久之外沒有其他優點。

基於這些原因，如果想看準時機，在藥草效果最佳的時候採收，無論如何都會需要人手。只有路賽莉絲一個人實在忙不過來。

「話說，方便請教妳的大名嗎？」

「咦？這麼說來，我還沒有自我介紹呢。我名叫莎蒂。」

「我是四神教的實習神官，路賽莉絲。縱使時間不長，還是請妳多多指教。」

「別這麼說，我才要請妳多多指教。」

於是路賽莉絲就這樣僱用莎蒂為教會的幫傭了。

在離開傭兵公會前往教會的途中，路賽莉絲和嘉內說起悄悄話。

『我說那位……應該是傑羅斯先生的姊姊吧？』

『是這樣嗎？不會吧，我覺得她給人的氣質跟通緝令上的畫像差很多耶……』

『嘉內……我都不禁要懷疑，妳真的是傭兵嗎？不管怎麼看都很像啊。如果她那些表現都是演出來的，老實說真的很可怕。』

「的確……跟大叔所說的感覺差滿多的。真不敢相信那麼乖巧順從的女人會是罪犯。」

『我想就是因為這樣才惡劣吧……』

『還無法確定是不是她本人啊……那也只能再觀察一段時間了。』

『是啊……如果是別人就好了。』

儘管起了疑心，不過可以的話，她們兩人並不想懷疑他人。

◇◇◇◇◇◇

『搞什麼鬼啊！這個神官……既然是侍奉神的神官，就該直接對有難之人伸出援手啊！居然還想叫我去工作，她的為人根本和外表不同，超黑心的嘛！』

莎蘭娜在內心咒罵著思考方式相當現實的路賽莉絲。

本以為對方是個爛好人，沒想到她的個性卻意外地不知變通。

原本莎蘭娜──麗美就完全不打算工作。她是真心認為人一旦去工作就輸了。

以她的角度來看，就連便利商店的打工都黑心到不行。

『……算了，反正這樣就能混進裡頭去了。雖然有點棘手，不過只要成功拉攏她們就好辦事了。現在得先忍耐……』

莎蘭娜也不認為自己能夠輕易地取信於人。

儘管路賽莉絲是個超乎她預期的現實主義者這點讓她很煩躁，不過計畫進展得很順利。

『這個大奶妹看起來就很好騙。還不確定的是另外兩個人……』

嘉內還有另外兩個伙伴。

先假設她可以搞定那個雙馬尾丫頭好了，問題是年紀跟嘉內差不多那個女人。

莎蘭娜直覺地認為她才是這四人中最難應付的對手。

『……那女人肯定跟我是同類。要是能順利騙過她就好了，就怕有個萬一……』

莎蘭娜將暗中殺害對方也納入了她的計畫考量中。

在這個世界也一樣，只要沒有證據，便無法指控他人犯罪。

儘管如此，因為科學搜查技術不發達，事情處理起來比在地球上輕鬆多了。

不過她接下來要進攻的對手更是難纏，沒有那個閒工夫去理會傭兵三人組。

再加上路賽莉絲意外地不知變通，導致她只要出一點差錯，整個計畫泡湯的可能性也提高了。

事情若無法順利進行下去，那對莎蘭娜來說可是如同字面意義所述，攸關生死的問題。

『無論如何都要讓這些傢伙相信我，直到我可以利用她們……』

她現在已經是騎虎難下了。

現在即將前往的地方乃是敵陣，了解自己的對手想必會設下陷阱。

要如何攻下那座城池，就是關鍵了。

『好了……這下我總算可以進入據點了吧。聽……小看女人之間的同理心，只會讓你失去立足之地喔。呵呵呵……』

抵達教會後，莎蘭娜暗自竊笑。

她絲毫不認為自己會失敗。

然而當她踏入教會後，就知道自己的估算錯了。

「各位，這是從今天起將會暫時在這裡工作的莎蒂小姐。」

「請多多指教。」

「「「「嗯～～～哼……」」」」

『這些討人厭的死小鬼！算了，反正我也不打算久留，現在真的得小心，不能露出馬腳……』

孩子們的反應很冷淡。

在路賽莉絲進行不重要的自我介紹時，莎蘭娜注意到一位少女。

那少女是她以前曾在遊戲裡看過的精靈。

『哦～……是精靈啊。我記得賣去當奴隸，可以賣到不錯的價錢。如果把這女孩拿去賣了，不知道值多少錢呢。』

「修女──……」

「小楓，什麼事？」

「在下……不能現在就砍死這女人嗎？」

『咦？』

楓簡直像是看穿了莎蘭娜的思緒，突然做出很不得了的發言。

她的言行讓莎蘭娜的背脊上竄過一股寒意。

「小楓，在教會裡鬧出流血事件這種事，實在不妥……」

「這樣啊……因為我從她身上感覺到一股骯髒低俗的氣息，想說砍了她應該會比較暢快。」

「妳真的很血氣方剛呢。我是覺得妳可以再放輕鬆一點喔。」

『才不是咧！感覺這小女生是對我的想法產生反應了！這小鬼是怎麼回事啊！』

這個精靈少女對莎蘭娜釋放出明顯的殺氣。

那是一股只要一靠近她就會被砍死，強烈的死亡氣息。

實在不像是個正常的小孩。

「刀就是為了砍人而存在的。若對方抱有惡意，在下可是會毫不留情地砍下去喔？在下至今仍無法忘記過去斬殺魔物時的手感。砍下去的手感比砍那些像殭屍的弱小玩意好多了。真想再砍看看啊……」

「不可以把人當成試刀用的稻草人喔？畢竟人若是犯罪，就得背負相應的業障喔？」

「不如說在下就走在這樣的路上。劍之道乃修羅之道。」

『…………她的直覺也太敏銳了吧。精靈不都是住在森林裡面的鄉巴佬嗎！』

眼前的精靈是個比想像中更殺氣騰騰的少女。

仔細一看少女的手已經握住刀柄，刀鞘與刀鍔之間可以窺見些許鋼鐵反射出的光芒。如果莎蘭娜繼續想些有的沒的，肯定會被她砍死吧。

對這位少女來說，對自己抱有惡意的對象，只是方便她拿來試刀的帶骨血肉。

更可怕的是她甚至很歡迎這樣的對象出現。

「楓……不可以喔？要是在這裡把人劈成兩半，之後要收拾起來很累人吧？」

「就是說啊，地板上的血跡沒這麼好清理耶。而且這裡畢竟是教會，有人死在這裡給外界的觀感不佳啊。不但屍臭味會殘留一段時間，更重要的是大量出血所留下的血跡只會導致教會的評價下滑喔。」

「嗯嗯，還會給修女添麻煩。妳要自重。」

「人肉不能吃。聽說味道很腥……」

「「「你想吃嗎？」」」

「也就是說……在不為人知的地方砍就行了？」

「「「嗯，沒錯！」」」

「妳不可以這麼小就殺人喔，現在就開始背負業障還太早了。」

『不是這樣的吧？為什麼不否定砍人這個行為啊，妳到底是怎麼教這些小鬼的！』

令人不禁懷疑起這間教會是否真的是孤兒院。

而且這些能夠理解殺人宣言的孩子也很不尋常。

或許是她多心了，但孩子們身上有著與她是同類的氣息。

「……嘖。真可惜。」

『她居然還嘖了一聲……這些傢伙到底是怎樣啊！』

一般來說，孤兒院是教育無家可歸的孩子直到他們出社會為止，或是協助尋找願意收養這些孩子的家庭的行政機構。然而在這所教會裡長大的孩子們，思考方式非～常～血腥。

而且極為接近惡．即．斬的觀念。

要再進一步補充說明的話，楓的實力明顯地勝過莎蘭娜，她只消釋放出些許殺氣，就能讓莎蘭娜渾身顫慄。

哪個世界會有發下豪語說「刀就是為了砍人而存在」的小孩啊。

『這哪是什麼教會！哪是孤兒院！不管怎麼看都是魔窟吧！』

飛蛾撲火。這句話掠過莎蘭娜的腦海中。

她彷彿還同時看到了說著「所以說妳很蠢啊！」並放聲大笑的聰——也就是傑羅斯的身影。

踏進了完美無缺的死地。

一腳踩進陷阱裡的人究竟是誰呢。

『居然幹出這種好事……聰！』

她的被害妄想也真是夠了。

莎蘭娜不知道這就是這間教會平常的樣子，只是更加深了她對弟弟那顛倒是非的恨意。

她就是個只會以自己為中心來思考事情的女人。

◇◇◇◇◇◇

「流派，乃冥界死粹！」

「猛者烈風！」

「人鬼斬滅！」

「神魔滅殺！」

「「看啊，血染西方一片紅！」」

今天也是一大早就響起了鋼鐵的碰撞聲。

正在過招的是楓和傑羅斯。

雙方手上以真正的刀劍互相碰撞，迸出火花，最後使出飛踢，在空中交錯而過。

兩人反覆使出一擊必殺、一刀斃命的劍術，儘管嘴上說著愚蠢的台詞，仍持續進行鍛鍊。

從各方面來說都很不妙。

「楓今天很努力呢……」

「我們也不能輸。」

「雖然我們還到不了那個境界就是了。」

「訓練和工作後的肉最棒了。肉肉～♪」

這都是稀鬆平常的事了，所以強尼他們毫不在意。

而且因為烏凱牠們也回來了，訓練變得更加激烈。

然後——

「喝唷～～～～～～～～～～～～～～！」

伊莉絲今天也活力充沛地飛在天空中。

「還沒完呢！」

「咕咕！（就是這股志氣！比起敗給自己的軟弱之心，好好鍛鍊挑戰的精神吧！）」

在純白的咕咕梅凱的指導下，伊莉絲已經漸漸變成運動社團的熱血少女了。

莎蘭娜從教會裡偷看著這些景象。

『這是在跟我開玩笑吧……那些傢伙到底是什麼跟什麼啊？全都是些怪物嘛！』

俗話說知己知彼百戰百勝，可是因為對方太危險了，反而找不到任何破綻。

只要稍微了解一點，便能知道對方有多不合常理，甚至讓莎蘭娜產生了「自己是不是犯下了致命的錯誤？」這樣的想法。

不斷使出驚人斬擊與打擊的小孩們。

參與這種訓練的傭兵少女，以及到現在仍未交談過，感覺很難應付的女人。

路賽莉絲完全接受了這異常的景象，嘉內則是覺得再平常不過了。

『這……狀況比我想像得更麻煩啊。是說那傢伙是在搞什麼，怎麼這樣亂教小孩啊！』

莎蘭娜原本以為事情會一如往常地順利。

然而她的弟弟聰在這個異世界，早已捨棄原有的常識。

已經沒有人能夠阻止擺脫了地球法律這個枷鎖的他了。

也就是說，就像莎蘭娜在這異世界過得很快活一樣，聰也非常適應這個世界的生活。

這也讓莎蘭娜充分地理解到，自己之前是多麼地受到地球法律的保護。

更重要的是莎蘭娜是罪犯，外頭已經張貼出不問她生死的通緝令，只要取下她的首級，就能得到高額的懸賞金。

儘管是自作自受，但她無法忍受自己變成他人的利益。

『我得想點辦法才行……』

她理解到時間過得愈久，狀況只會愈不利於自己。

◇　◇　◇　◇　◇　◇　◇

陪孩子們鍛鍊完之後，傑羅斯著手準備早餐，將剛煮好的料理盛盤。

他一手端著托盤走出後門之後，直接走向了儲藏室。

「這是早餐。不過是我這個大男人做的，不保證好吃就是了。」

「別這麼說……謝謝你。」

札彭躲在儲藏室內。

他透過採光窗窺視教會那頭的狀況，觀察著應該是莎蘭的女性。

「我等下再幫你拿換洗衣物過來。雖然是我動過不少手腳的衣服啦。」

「你……到底在盤算些什麼？」

「貫徹初衷。是要用來收拾那個毒婦的小手段。可是我覺得你不用犧牲自己……」

「這是我自己要做個了斷的問題……即使是受騙，但我和她在一起時的確很幸福……」

「你想帶她一起上路嗎？老實說有很多跟你陷入了同樣心境的受害者。我認為你不需要為了那傢伙做到這種程度喔？」

傑羅斯從未如此死心塌地愛過一個人。所以不管怎樣都無法理解札彭的想法。

他是真心覺得像莎蘭娜這種人，只要殺了拿去餵魚就好了。

可是札彭現在依然愛著她。

正因為被騙了而無法原諒她，也放不下這段感情。這份專一的感情已經邁入了危險的領域。

傑羅斯已經說了好幾次他沒必要為莎蘭娜犧牲，札彭卻堅持不接受。

「你已經做好覺悟了啊……但你會沒命的喔？」

「無所謂。我……已經不知道活著的意義了。即使是虛假的幸福，我的這份心意依舊是真實的。抱歉給你添麻煩了。」

「畢竟是我家人先給你添麻煩的，所以我是無所謂啦，不過事情很難順心如意啊。我是覺得像你這樣的男人才該活下去，不過既然你已有所覺悟，我就不再多說了。但還是要請你幫忙我喔？」

「嗯……你知道她一定會做些什麼對吧？我也不希望莎蘭繼續犯罪。」

「那傢伙根本不覺得她在犯罪就是了。不過她得受到報應才行。在她還活著的時候……」

傑羅斯無法接受莎蘭娜明明是個罪人，卻還活得那麼悠哉。

也算是為了要她贖罪，必須帶給她相應的絕望感。

這也是為了洗刷自己四十年來為她所苦的怒氣。

「……那傢伙在近期內會採取行動。」

「因為你們是姊弟，所以才知道的嗎？」

「不，是經驗告訴我的。我啊……以前也曾經懷抱希望。認為她『總有一天會走上正途』。但是那傢伙在父母死後也毫無改變。是個反而因為拿到遺產而開心的垃圾。那些遺產也在兩年內就被她花光了。甚至還把腦筋動到了我繼承的遺產上。除此之外還發生過很多事，別看我這樣，我現在可是很努力地在忍耐啊。不過是你先找到她的。所以在我去殺了她之前，你先做好跟她之間的了斷吧。」

「我、我知道了……話說，這幾天晚上你好像都有出門？」

「我稍微做了點小動作。算是要找她麻煩吧，目前正如我預期地順利進行中。哼哼哼………我要徹底逼死她……呼哈哈哈哈！」

札彭接觸到了傑羅斯內心的黑暗面。

駭人的深沉黑暗。真有人能如此憎恨有血緣關係的家人嗎？

他理解到，傑羅斯只要一天沒有擺脫這些黑暗，就哪裡都去不了。

「……呼。我不小心表現得太情緒化了。札彭，我接下來會為了避免朋友受害而採取一些行動。」

「你……真的很能忍呢。我有點尊敬你了。」

「還是算了吧。我不是什麼值得尊敬的人。只是個整天窩在家裡的普通大叔。」

傑羅斯邊說邊轉身，離開了儲藏室。

他八成又要去做些用來找莎蘭娜麻煩的準備了。

「…………一點也不普通吧。」

札彭小聲地自言自語。

傑羅斯心中那股名為憎恨的黑暗實在太過深沉了。

◇　◇　◇　◇　◇　◇

把早餐送去給札彭，傑羅斯也在吃完自己的那份早餐之後立刻出了門。

當然，他不能讓莎蘭娜發現，便從後門出去，穿過自家旁邊的森林，前往索利斯提亞公爵家別館。

咕咕的雛鳥們正在鍛鍊武術，不過傑羅斯沒出面指導牠們，逕行趕路。

為了逐步設下陷阱——

「守衛不知道在不在？」

別館以外牆圍住。在與正門相對位置的後門也有騎士和守衛待命，以排班制的方式負責警衛工作。

或許是長時間負責守備後門的工作很無聊吧，在對傑羅斯來說時機正好的時候，一位騎士從門後走了出來。

「工作辛苦了。」

「這、這不是傑羅斯閣下嗎？今天有何要事？」

「不是啦，因為有個看起來像是通緝犯的人混進我家隔壁的教會裡了，不過也還沒掌握到確切證據，所以我想說好歹先來知會你們一聲。我想應該是通緝犯本人沒錯啦。」

「通緝犯嗎？」

「是啊，就是之前打算襲擊茨維特的那位……」

「什麼！那麼應該立刻就去逮……」

騎士馬上就想衝去逮捕犯人。

然而大叔可不能讓他們這時候就採取行動，害莎蘭娜逃走。

「請你冷靜一點。畢竟我也還不確定，如果對方真的是通緝犯，這樣做也只會打草驚蛇。我們還是慎重行事吧。幸好我有在監視那裡的狀況。」

「可是那是企圖謀害茨維特大人的凶惡罪犯耶？我們不能只是觀望，而讓對方溜掉。」

「所以才要趁現在封鎖對方的退路啊。我不知道對方的目的是什麼，但她可是大剌剌地出現在這座城鎮裡了。桑特魯城對那傢伙來說是敵軍的大本營耶？我想她很有可能早就準備好多種逃脫手段了。」

「原來如此……也就是說要趁現在布下包圍網嗎？」

「正是如此。我已經把詳情寫在這封信裡了，可以請你轉交給克雷斯頓先生嗎？我會去在城裡各處發放那傢伙的通緝令。」

「這不會反而讓對方逃走嗎？」

要是忽然在城裡發起通緝令，那確實會被莎蘭娜發現吧。

不過傑羅斯為了避免這種情況發生，想了很多方法。

「我打算從城市的外圍開始發，最後才會去那傢伙待的地方附近。因為我手邊有不少多餘的布告欄，我會設置在城裡各處，順便當作清庫存。」

「布告欄？您為何會有那麼多那種東西？」

「是我以前為了得到想要的素材，接了委託而準備的，不過做太多了。完成委託後留下了一大堆存貨。雖然我想這些數量還不夠形成包圍網，不過有需要再做就是了。」

「喔……」

「嗯，總之請向克雷斯頓先生報告此事。要封鎖退路應該要從碼頭開始。請務必慎重、迅速且大膽地執行。」

「我明白了，我會將這封信交給克雷斯頓大人。」

「麻煩你了。那我就先告辭了。畢竟現在時間很寶貴呢。」

「還請您多加小心。」

看到騎士急忙前去找克雷斯頓之後，傑羅斯也展現出他超人般的體力，前往船舶停靠的碼頭。熙來攘往的碼頭，對單獨行動的罪犯來說是個方便擺脫追兵的地方。

這一天，包含碼頭在內，他在鄰近城牆的區域裡設置了好幾個貼滿了莎蘭娜通緝單的布告欄。

第八話　大叔的惡意

莎蘭娜混進教會已經過了一週。

儘管她致力於收集情報，卻沒什麼有幫助的內容，耐不住性子的她便開始行動了。

其中一個理由也是她所剩的時間不多了。

『小鬼們很危險。他們總是待在教會裡，也很難判斷他們會做出什麼行動。不謹慎對應反而有可能自掘墳墓。巨乳女倒是很好騙，或許可以順便把她抓去賣給奴隸商人？不過另外兩個人就很難說了。那個名叫雷娜的女性雖然來過教會，但隔天就不見人影了，那個丫頭又不太跟我說話。』

不確定因素有點多，但她也只能臨機應變了。

愈是在這種情況下，她愈是能冷靜地做出判斷。是個毫無自覺的犯罪專家。

『嗯，只要抓女神官當人質就好了吧？不過沒對她做點什麼，我心裡也不太舒坦。畢竟她還逼我去工作。』

莎蘭娜很小心地不與傑羅斯接觸。

因為傑羅斯早上到中午這段時間會下田耕作，所以她總是以要準備餐點和打掃為由避開，盡量隔著窗戶來觀察狀況。因為一旦被傑羅斯發現，她肯定會被殺。

在欺騙他人方面不遺餘力的她，意外地擅長各種家務。

平常她當然不會自己動手就是了。

『因為很不爽，就把神官和巨乳女送去奴隸商人那裡吧，也需要跑路的資金。要去找錢莊調一些來嗎？這樣我得調查一下那兩人的筆跡……要怎麼弄到她們的簽名呢？』

利用路賽莉絲和嘉內的名義借款，讓她們在不知不覺間揹下大筆債務。

就算是陷害善良的人這種事，莎蘭娜也可以理所當然地去執行。

完全不會覺得良心不安，她就是這樣陷害、欺騙了許多人，活到了現在。

一有那個念頭就馬上行動。這方面該說他們不愧是姊弟嗎？很像傑羅斯的作風。

『幸好現在小鬼們都在外頭了。這是個大好機會吧？』

莎蘭娜的職業是刺客。擅長暗中行動，一般人無法察覺她的氣息。

可是那些受聽鍛鍊過的孩子們很難應付，直覺莫名地敏銳。

莎蘭娜一邊隱藏起自己的氣息，一邊慎重地開始在教會內部物色她要的東西。

『……有人在。從氣息來看，應該是巨乳女跟那個叫雷娜的女人。』

她在走廊上觀察狀況，如她所料的發現了嘉內和雷娜的身影。

她們兩個一起在廚房裡削著馬鈴薯皮。

「我說雷娜啊……」

「什麼事？」

「莎蒂小姐真的是大叔的姊姊嗎？」

「當然是啊，妳在說什麼啊？」

得她是另一個人。」

「不是，為什麼妳能夠那麼肯定啊？雖然有事先聽大叔說過，但她給人的印象完全相反啊！我只覺

「妳真有夠天真的耶～她可是相當謹慎喔？戴著滿是謊言的假面具，還能讓人以為這些謊言全是事實。是個了不起的演員呢。她現在八成在觀察狀況、蒐集情報吧？不過我想她差不多要採取行動了。」

『！』

被看穿了。

莎蘭娜不知道，雷娜私底下是個賭徒。

她很擅長觀察對手的表情跟動作，藉此判斷對方有哪些手牌。當然很會觀察對方的性格。

對此事一無所知的莎蘭娜感覺自己被人從頭上潑了一盆冷水。

「妳為什麼分辨得出來啊？妳在我們不知道的地方都做了些什麼？」

「呵呵呵……祕密。女人就是要保持神祕喔？即使是朋友也不能說。」

「……我反而覺得妳更像是危險人物耶。不過她那是演技的話，表示她真的很難纏耶？這下也可以理解大叔為什麼會叫我們要小心了。」

「是啊。不過那種人意外地還不少喔？只差在是拿來犯罪還是做生意罷了。換成是我，我會拿才能來做生意就是了。」

「如果拿那種演技來做生意，感覺很容易受騙呢。」

「那只是嘉內妳太單純了。妳就保持現在這個樣子吧。只能讓喜歡的男人弄髒妳喔。」

「妳、妳在胡說什麼啦啊啊啊！」

莎蘭娜離開現場。

她自以為得到了眾人的信任，實際上卻只騙過了嘉內。而且雷娜打從一開始就不相信莎蘭娜，甚至還打醒了她好不容易騙到的嘉內。

這是因為比起陌生人，生死與共的伙伴更值得信任吧。

『果真是個討厭的女人……她一定也很擅長欺騙他人。居然做這些多餘的事，她到底是何方神聖啊！』

莎蘭娜很擅長欺騙他人，卻不習慣遭到欺騙。

可是身為賭徒的雷娜總是在與對手互相欺騙的情況下一路獲勝，所以比莎蘭娜更擅長演戲跟這些你來我往的應對。而且因為她不住在教會，所以能夠敏感地察覺到莎蘭娜的細微變化吧。

她算是莎蘭娜的天敵。

『雖然還有些不安要素，不過即使有些硬來，也必須採取行動了。這裡的人太危險，要是演變為長期戰就不妙了。』

無論結果如何，她至今為止從不認為事情會不照著她的想法去進行。可是這次有太多未知的不確定因素了。

即使她想用心準備，也沒有充裕的時間。

莎蘭娜接著走向教會的勤務辦公室。

基本上辦公室可以視為是路賽莉絲的房間。裡面整理得乾乾淨淨，桌上放了幾張文件。

莎蘭娜拿起這些文件後，露出了得意的笑容。

『哦～……這是收據啊。』

收據上面留有簽收者的簽名。是路賽莉絲和嘉內的名字。

那些是簽收了拖把等掃除用具，或是可以長期保存的食材的收據，莎蘭娜偷偷拿走了其中兩張。

這樣她就弄到這兩人的簽名了。

『雖然這不是什麼重要的事，但那個巨乳女為什麼會在收據上簽名啊？她不是外人嗎？反正對我來說正好就是了。』

她應該是一時弄錯，才沒有簽下路賽莉絲，而是簽下自己的名字吧。

報復傑羅斯的計畫在莎蘭娜的腦海中逐漸成形，她勾起了嘴角。

『好了……今晚得發憤模仿她們的筆跡了。呵呵呵……要是兩個認識的女孩變成了奴隸，不知道聽會有什麼反應呢。』

然而她沒有發現，自己在此時犯下了嚴重的錯誤。

莎蘭娜——麗美原本的目的是奪取能夠消除「回春靈藥」功效的魔法藥，可是事情發展到這一步，她的目的已經變成要找傑羅斯麻煩了。而且本人還沒有自覺。

沒錯，麗美雖然為了達到目的不擇手段，卻會在執行手段的過程中嚴重地偏離原本的目的。尤其是在她遷怒的情緒高漲時，更容易發生這種事。

若是在地球上，她的行動會比現在更謹慎些，但是在這個文化水準只有中世紀程度的異世界，她的行為變得大膽，再加上擁有魔法跟「技能」，更是讓她擺脫了理性的束縛。

她的欲望儼然徹底失控。現在的莎蘭娜無法察覺到自己的行動有多輕率。

『這裡已經沒用了，在被發現之前趕快離開吧。』

她先在辦公室門前確認走廊上的氣息，確認沒人過來之後便迅速離開房間。雖然解除了「隱形」的技能效果，仍未放鬆戒備。

莎蘭娜感覺到走廊另一頭有人正朝著這邊走來，但她還是若無其事地往氣息傳來的方向走去。

長年的經驗告訴她，比起刻意躲藏，光明正大地應對反而不容易讓人起疑。

「啊，莎蒂小姐。妳在打掃嗎？」

「伊莉絲妹妹。是啊，畢竟不每天打掃，就會積起灰塵呢。尤其是小地方，更要仔細打掃才行。」

「喔～」

「我還有禮拜堂要打掃。妳可以幫幫我嗎？」

莎蘭娜隱藏本性，扮演著她捏造出的人格。老實說，她對嘉內和伊莉絲的理解一直只有「這傢伙應該很好騙吧」──直到此刻為止。

「雖然妳說妳在打掃，但是妳手上沒有掃除用具耶？禮拜堂那裡也沒有，所以妳要怎麼打掃呢？而且掃把現在是路賽莉絲小姐在用耶？」

『！』

莎蘭娜手上沒有掃除用具。而且伊莉絲正好是從禮拜堂的方向走過來的，所以她剛剛這段說詞確實不合理。

『我太大意了……沒想到那個神官在打掃。現在才說「我剛剛在找掃除用具」這也太不自然了。該怎麼辦……』

教會的洗手間正好在伊莉絲走來的這條路另一頭，因此她也不能用「我剛去了廁所」這理由來蒙混過去。

「是、是啊。我想說在掃把空出來之前先休息一下。畢竟她還要準備早餐，我想說那時候我再來代替她打掃……」

「技能『鑑定』。職業：刺客。莎蘭娜……名字跟通緝犯一樣呢。妳是轉生者吧？」

『！』

如果對方的能力遠勝過於自己，就無法用「鑑定」技能看穿對方的能力參數。但相反的，若是使用技能的人等級夠高，就能把對方的參數看個精光。

暗中行動是ＰＫ玩家的主流作風，而他們在下手的時候，最需要注意的技能就是「鑑定」。

這是因為一旦能力參數被人看光，就會變成通緝犯，被那些專殺ＰＫ玩家的玩家死命地追殺。

「妳之前都沒被鑑定過嗎？如果是，不是妳的對手都是弱小的玩家，就是妳本人強得不得了，可是阿姨妳身為一個ＰＫ玩家算是弱的吧。不然也不會想要潛入教會了。畢竟殲滅者就在附近呢。」

聽到玩家、ＰＫ玩家、殲滅者這些詞，莎蘭娜才發現自己犯下大錯了。

除了自己和傑羅斯之外還有其他轉生者的事實。畢竟實際上她就遇過好色村和杏。

她忽略了傑羅斯比自己接觸過更多轉生者的可能性。

『……原來這丫頭也是轉生者！我已經掉進陷阱裡面了。也就是說，聰知道我在這裡！』

莎蘭娜跟傑羅斯的差別，就在於交流對象的多寡。

既然莎蘭娜是個通緝犯，她能接觸或利用的對象就很有限，相反的傑羅斯不論是在人際還是道具上，都有很多手牌可以打。

公爵家的人員、同為轉生者的人，再加上他在這個世界交流過的人們，足以讓他布下天羅地網了。

尤其是那些孩子和眼前這丫頭，儘管不是每天，但他們都是傑羅斯有空時就會花時間鍛鍊的對象，傑羅斯可以在散打的途中對他們下指示，而不被莎蘭娜偷聽到。所以傑羅斯有辦法跟所有人共享情報，一起陷害她。

窮途末路的莎蘭娜這下終於找回了原有的迅速思考能力，然而為時已晚。

「看樣子是騙不過妳了。這一個星期妳都在監視我對吧？」

「嗯～～如果妳要直接挑戰叔叔，我是可以放過妳喔？不過阿姨妳至今為止都在做些什麼啊～？」

「不要叫我阿姨！我還很年輕！」

「我記得妳已經四十六歲了吧？那就是阿姨啊。」

「聽那傢伙……居然連我的真實年齡都抖出來了嗎！」

「咦？是通緝令上面寫的耶……單子現在就貼在教會旁的布告欄上喔？」

「妳說布告欄……之前根本沒那種東西吧！」

「叔叔直到昨天為止，趁半夜在城裡的各處都設置了布告欄喔？教會旁邊這個是『最後一塊』。他今天早上才裝好的。」

「什麼！」

莎蘭娜在這所教會裡蒐集聽的情報。

可是她不會在半夜行動，因為熬夜對皮膚不好。

而大叔就是趁這段時間來製作布告欄，還順便貼上通緝令。

不知道這件事的莎蘭娜還上街去購物。

已經有大量民眾目擊到她的身影了。

「妳的行動真的都被看穿了耶。因為叔叔身邊集中了過於強大的戰力，所以妳無法接近他，只能從遠處觀察狀況。可是叔叔可以自由地上街，也可以在整座城裡動手腳。反正家裡有咕咕們在，即使他人不在家也很安全。現在整座城的居民大概都變成賞金獵人了吧？」

「那傢伙～～～～～他就這麼想把我送上處刑台嗎！」

「叔叔料到妳會這麼說，所以要我傳話：『麻煩妳務必去死一死。只要妳從世界上消失，這個世界就會變得更美好一點。放心吧，我不會把妳送上處刑台，會直接動手殺了妳的。』他大致上是這樣說的喔？我有確實把話帶到嘍～」

伊莉絲是傳令兵。

間單來說就是「包圍網已經完成了，辛苦妳白費工夫這麼久啦」的意思。

「還有，這件事情也已經通報公爵家了。叔叔同時也把能應對『潛影術』的魔導具交給衛兵和騎士團了。他還說了『妳有辦法活著離開這座城市嗎？』這種話。」

「別開玩笑了！我只差一點就要成功了啊！」

「嗯～……因為他知道妳的目的是什麼，也基於經驗，很清楚妳會做些什麼吧？戰爭比起攻方，是守方比較有利喔？妳完全被反將一軍了呢。」

「我沒空在這邊跟妳瞎扯了！ㄚ頭給我讓開！」

莎蘭娜抽出藏在袖子裡的小刀，襲向伊莉絲。

小刀的黑色刀刃一閃。

「什麼！」

可是伊莉絲在危急之際一個蹬牆，用三點跳躍的原理跳上空中，並使出強力的迴旋踢。

「喝呀！」

「咳噗！」

挨了這一腳跟撞上牆壁的衝擊，讓莎蘭娜差點失去意識。

不過伊莉絲的猛攻還沒結束。

她湊近撞上牆壁，因反作用力而快要倒下的莎蘭娜身邊，扭轉腰部，流暢地揮出一記正拳。

「咕啊！」

「阿姨……妳的功夫還不到家啊。」

「咳呼！妳、妳這臭丫頭……」

「我要比叔叔更快抓到人，拿～懸～賞～金！不好意思，要請妳為了我們的生活犧牲嘍～♪畢竟妳一路都是犧牲他人走過來的，這次只是輪到妳自己成為犧牲品罷了。」

原來她不是傳令兵，而是賞金獵人。

伊莉絲維持著揮出正拳的架勢，一臉得意的笑著。

不用說，看上莎蘭娜這筆懸賞金的人不只伊莉絲。

「伊莉絲，我來幫妳！」

「賞金要平分喔！然後我要用那筆錢……唔呼呼呼。」

另外兩位也一樣。

為了生活、為了慾望，呼朋引伴咬上凶惡罪犯（莎蘭娜）懸賞金的鬣狗們。

而且這還只是開始。

「嘖！」

意識到自己屈居劣勢的莎蘭娜像某部間諜電影那樣破窗而出。不過窗外自然也有追兵。

「好！由我們來抓住她，安潔！拉維！凱！」

「「嘿嘿呵呵耶耶！」」

「喝呀————！」

「咿！」

在強尼等人行動之前，楓已經一刀砍了下來。

這一刀有如示現流那般強勁有力。在敵人躲開的瞬間刀鋒一轉，橫劈而去。（註：示現流是於日本江戶時代九州西南部薩摩藩流傳的古劍術流派。）

莎蘭娜勉強躲過了這一刀。

「呵呵呵……我等這一刻等很久了。乖乖讓在下砍了吧。」

「不要！我為什麼非要被妳砍死啊！竟然想為了錢殺人，你們果然是群該死的窮小鬼！真想看看你們的父母長什麼樣子。」

「哼！妳不也為了錢殺過很多人嗎？哪有資格批評在下等人。順帶一提，在下的目的並非賞金，而是拿妳的身體練刀。就請妳讓在下檢視自身的劍術吧。」

「那更惡劣了吧！」

楓只是想砍人罷了。

她的目的是砍了莎蘭娜，藉此檢視自己的技術鍛鍊到了何種程度。

真是一個徹底走上修羅之路的少女。

刀身光芒上不帶一絲陰霾。

『嘖，每個人都要妨礙我……我又沒做什麼！我根本什麼都還沒做啊！』

竊盜、詐欺、偽造公文未遂、殺害國家要人未遂、連續暗殺商人等，莎蘭娜在這個世界已經犯下無數罪行了。

然而她不認為自己哪裡有錯，還有嚴重的被害妄想。

她的人生態度基本上就是認為「是受騙上當的人不對」、「別人的東西就是我的東西」、「笨蛋活該被利用」這一派。

追根究柢，期待莎蘭娜良心發現或是受到良心苛責這種事，根本就是白費力氣。

而楓的情況則是傑羅斯有跟她說過：「妳可以盡量砍，有砍有賺喔！」她本人也充滿了幹勁。實在很難說到底是哪邊比較惡劣。

「快點抓住她！」

「妳就乖乖就範，成為我們實現夢想的資金吧！」

「竟然想利用別人的生命賺錢，你們到底都受了些什麼教育啊！咿！」

莎蘭娜驚險地躲過了拉維的劈砍和安潔擲出的小刀。

強尼和凱則接連追擊，狠狠踢向莎蘭娜。

「嗚咳！嘎噗！」

「可惡！她意外的耐打耶……」

「剛剛踢中的感覺……應該是魔導具吧。在命中的瞬間看起來稍微被彈開了喔？不過沒想到她本人感覺還滿弱的。抓住這個人，去買好吃的肉吧～」

『……嘖，還好我先準備了各種魔導具。不過這些小鬼到底是怎樣啊！』

雖然硬生生接下了強尼與凱的攻擊，但多虧有魔導具，她沒受到太重的傷害。

不過還不能放心。

莎蘭娜感受到突然從身後傳來的殺意，當場高高向上跳起。

『啪！』地一聲，她配戴在右手上的一個手環粉碎了。

「什麼！我的魔導具……」

「嗯……是超過負荷量而碎裂了嗎。看來附加魔力的劈砍有效。」

「妳搞什麼啊，妳要賠我！」

「將死之人還需要裝飾品嗎？」

楓貫徹她冷酷的態度。

『開什麼玩笑！竟然要我跟這些強得見鬼的小鬼交手……沒辦法了。』

她左手上帶著一枚樸實無華的戒指。

莎蘭娜釋放了那枚戒指的魔力。

「你們大家沒事……嗚哇！」

「是『閃光』？糟糕，會被她溜走。強尼、拉維！」

「眼睛～我的眼睛啊啊啊啊啊！」

「竟然讓敵人一時失明，還真是準備周全啊……」

「買肉錢逃跑了！」

「唔……有一套。」

雖然只是能釋放出強烈閃光的單純道具，用來製造逃跑的機會倒是相當有效。

很不幸地，連趕過來幫忙的伊莉絲都被牽連進去了。

在與魔物戰鬥時，常會利用「閃光」來製造出對我方有利的情勢，對罪犯來說，則是在偷襲或逃跑時會用上的基本戰術。

雖說在對手有防備的情況下，僅需舉盾就能輕易地擋下，卻相對地有著成本低廉又好用的優點。所以罪犯身上都至少會備有一個這樣的道具。

不用說，在自保這方面簡直謹慎得過了頭的莎蘭娜會用上這招也是很合理的事。

「我們收網收得太天真了呢。追上去！」

「「「喔喔————！」」」

孩子們開始追殺逃跑的罪犯。

而在他們追趕過去的路上——

「找到人了！懸賞金是我的啦！」

「咿！為什麼會有這麼多追兵啊——————？」

「休想逃。為了我們一家的生活，乖乖束手就擒吧！」

「嘿嘿嘿……這下我也要成為富翁啦。」

「請妳變成我的結婚資金吧。別恨我喔。」

「別開玩笑了，為什麼我得為了你們犧牲啊！」

莎蘭娜正遭到左鄰右舍的追殺。

不過或許是她逃跑的速度夠快吧，只見她一邊憤恨地抱怨一邊揚長而去。

「嗯～……我還以為可以輕鬆地拿下她呢。」

在一段距離外觀察狀況的傑羅斯，正和路賽莉絲一起旁觀姊姊的逮捕劇。

莎蘭娜那超乎預料的韌性，讓傑羅斯傻眼到了極點。

「她完全甩開追兵了喔？」

「算了，逃得掉就讓她逃吧，反正我還有其他安排，所以是沒問題啦。」

「我還以為她是個認真的好人，但她真的跟傑羅斯先生所說的一樣呢。差點就要被她騙了。」

「那就是她的常套手法啊。她在博得信任前會很有耐心地纏著對方，得到對方的信任後，就誘導對方做出有利於自己的事。等把人連骨髓都吸乾，沒有利用價值之後，就會輕易地捨棄對方。」

「真是過分呢……」

「是很過分啊……」

對傑羅斯來說，單純的解決掉麗美（莎蘭娜），完全無法洗刷他的怨氣。

沒有將她逼入絕境，讓她痛徹心扉地感受到她至今所做壞事的報應、世上的不公不義以及絕望，在她後悔誕生於這個世界上的同時幹掉她，大叔是不會善罷干休的。

「不過她逃走了喔？她會從碼頭逃到另一座城鎮吧？」

「關於這方面我已經做好防範對策了。衛兵和騎士團也已經展開了行動，她沒辦法輕易地逃出這座城鎮吧。我也事先把她可能會躲藏的地點告訴強尼他們了。」

「那些孩子們……平常到底都在做些什麼啊？」

「天曉得？」

大叔從一開始就知道莎蘭娜在監視自己，所以在判斷從自家與教會之間的距離，莎蘭娜應該聽不到他和孩子們之間的對話後，設下了現在這個包圍網。

此外他也事先告知索利斯提亞公爵家，這名通緝犯正潛伏在教會一事，所以桑特魯城內布下了由騎士和衛兵組成的包圍網。而且還特別謹慎地配備了可以對抗潛入影子裡的技能「潛影術」的魔導具。

接下來只要想辦法將莎蘭娜趕出教會，她就會跟正在搜索她的衛兵撞個正著。

大叔也預料到她會先躲去人煙稀少的地方避風頭。

「我想她會認為可以搭船逃跑，去躲在碼頭邊沒在用的廢棄倉庫裡吧，不過在那之前，她應該會想辦法去弄些逃亡用的資金來。」

「真不可思議，你為什麼能預測她的行動預測到這種程度？」

「因為……她一直以來都是這麼做的。我已經掌握了這座城裡可疑的高利貸有哪些。我想到她準備好要逃亡為止，應該會花上個三天吧？」

莎蘭娜有只要計畫出了差錯，就會依循一定的模式行動的傾向。

她會偷走印鑑或者值錢的東西，籌備逃亡資金。

「這次因為取得他人信任的工作做得不夠完善，所以她只能強行下手吧。即使如此她還是不覺得自己會失敗呢～無論好壞，她都很積極正向啊。」

「……那個，她至今給你添了不少麻煩吧？既然你都能如此清楚地掌握她的行動了，還是沒辦法事先防範嗎？」

「我又不可能每天監視她。當時我還有工作，如果她在我不知情的情況下動手腳，我也防不了。她可是在不知不覺間搞上了我主管吶……」

恣意妄為地暗中惹事，等傑羅斯發現時，受害者已經找上門來了。

還要被迫收拾殘局，這些事情不斷反覆重演，導致他心中逐漸累積起殺意，成熟之後轉化為淤泥般的憎恨。也是可以理解親人中有一個像莎蘭娜這樣的人，會有多辛苦。

「這次因為我有在監視她，所以不會讓她逃掉就是了。我要趁她徹底卸下心防的時候，將她打入絕望的深淵。」

傑羅斯的手中有好幾張符咒。

這不是用「魔法符」造出的「使魔」，而是用「神仙人」技能打造出的「式神」。

雖然只是將魔物的血液、紅色墨汁和自身血液混合，再用混合而成的液體將文字寫在紙上製成的玩意兒，不過花費比「魔法符」低得多了。

與其說是仙人，不如說是陰陽師。

『好了，她可以撐多久呢～』

好不容易降臨的復仇機會令大叔興奮不已。

整座桑特魯城都開始獵捕起懸賞中的通緝犯。

或許該說是獵殺魔女才對吧……

第九話　大叔將莎蘭娜玩弄於股掌之間

莎蘭娜在深夜的城鎮裡拚命地逃跑。

現在桑特魯城裡的居民和賞金獵人都被莎蘭娜的高額懸賞金給蒙蔽了雙眼，正殺紅了眼在尋找她，衛兵和騎士們也在四處搜索中。

麻煩的是鎮上到處都張貼了她的通緝令。而且因為她大意出門購物，居民們都已經盯上了她。這絕對是聰搞出的把戲。

即使想逃去其他城鎮，城門和碼頭也都早已在衛兵們的掌控之下，害她陷入了連想要離開這座城鎮都有困難的窘境。就算想用「潛影術」逃跑，也如同伊莉絲給她的忠告那樣，騎士和衛兵們很輕易地就發現她了，於是她只能持續上演著孤立無援的逃脫劇。

『可惡的聰啊啊啊啊啊啊啊啊啊～～瞧你幹的好事！』

她已經持續逃跑了約兩天。

最近的她口中只有對弟弟的怨言。不表達一下這些恨意，她實在無法排解情緒。

而她腦中的詞彙也已用盡了，只吐得出單純的抱怨。

『盤纏也沒了……果然只能用這招了。』

莎蘭娜手中握有在教會取得的路賽莉絲和嘉內的筆跡。

她在逃亡期間潛伏在城內的廢墟等處，利用張貼在鎮上的通緝令背面練習了要如何模仿她們的簽名。這是為了以她倆的名義去借錢。

就連在這樣的狀況下，莎蘭娜仍毫不懷疑地相信自己會成功。

『這個道具……麻煩就在於能夠使用的次數有限呢。』

在她配戴在左手上的戒指之中，有一枚是名為「複製外觀戒指」的道具。

這枚戒指可以記錄下她曾接觸過數次的對象外觀，並用幻術讓她能在短時間內假扮成對方的模樣。

一次可以記錄的人數上限是兩人，而且使用次數是固定的。因為莎蘭娜已經用過好幾次了，所以剩下的可用次數不多。

恐怕再用個一到兩次，戒指就會損毀了。

她原本就是個會盡情利用方便道具的人，這也是她未經思索就隨意亂用造成的後果。

同時也表示就是有那麼多的受害者……

『既然這裡是奇幻世界，就算有賣跟遊戲裡一樣的道具也沒關係吧……現實還真是不方便。』

這就是「Sword and Sorcery」和現實奇幻世界的不同之處。

莎蘭娜手中的裝備幾乎都是「Sword and Sorcery」裡的道具。

可是在現實中是很難打造出這種道具的。

而且這個世界的魔導士素質也不好，但要製作這類魔導具需要擁有相當高的知識與技術。

反過來說，有能力做出這些道具的傑羅斯和亞特才是怪胎。

因為他們遠遠超出了這個世界的水準。

「唉～……現在也顧不了那麼多了。既然如此，我要徹底逼死聽那個混蛋！等著瞧吧！我會讓你後悔跟我作對的。」

莎蘭娜在報復心的驅使之下，覺得自己非得要回敬傑羅斯才行，於是她化身為與此事毫無關連的路賽莉絲，走進黑街上的高利貸店舖。

一般來說，利用「複製外觀戒指」改變外表後逃走才是聰明的作法，可是莎蘭娜完全沒想到這個用法。她的自尊不允許自己做出放過可恨的對手直接逃走這種行為。

而這就是她的生存之道。

◇◇◇◇◇◇

「嗯……她還沒被逮到啊。命比蟑螂還硬耶。」

一大早，傑羅斯從舊街區路邊的少年手中買了報紙，現在正看著刊登通緝犯逮捕記錄的欄位。

前前後後已經過了兩週，但莎蘭娜至今尚未落網。

本來她的目標就是她認為在傑羅斯手中的回春靈藥解藥，而且這關係到她的性命，所以她也不可能就此收手。在大家拚命追殺她的包圍網之下，她居然還能夠順利地逃過所有追兵。這讓大叔甚至不禁有些佩服起她來。

話雖如此，傑羅斯早就從莎蘭娜至今為止的行為理解到她下一步會做些什麼了，所以不是很擔心現況。儘管不算非常完善，但傑羅斯也有利用式神，從空中監視莎蘭娜的行動。

麻煩的是她的行動會為完全無關的人帶來困擾。

「也差不多該來了吧……」

「叔叔！大事不好了！」

「……她還真是個不會辜負他人期待的人耶。馬上就來了啊。」

伊莉絲喘著大氣，拚命朝這裡跑了過來。

大叔看她這樣，也察覺到八成是出什麼狀況了。

「怎麼了嗎？該不會是有很多討債的人跑去找路賽莉絲小姐了吧？」

「你怎麼知道！不過不只路賽莉絲小姐！連嘉內小姐也……」

「……應該是有人盜用了她們的筆跡吧。我猜是有什麼收據被偷了？」

「先別追究原因了，快去幫幫她們啊！」

「好好好。我早就料到會有這種狀況，所以事先做好各種準備了，別擔心。她們兩個在教會嗎？」

「你不要這麼悠哉了，動作快點啦！」

大叔被伊莉絲拉著來到教會前，馬上就聽到門裡面傳來了吵鬧的聲音。

是些即使說客套話，也絕對稱不上有禮的男人們的說話聲。

『借據就在這裡！少說廢話了，還錢來。』

『三天內要還清喔！還不出來的話，妳們就得來我們經營的娼館工作啦～』

『畢竟兩個都是美女呢～在送到店裡工作之前得好好鑑定一下吧。嘻嘿嘿～』

『我就說了，我們沒有跟你們借過錢啊！』

『沒錯。我們最近並不缺錢，這一定是哪裡搞錯了。』

對方聽起來明顯就是黑幫分子。

而且還有在經營娼館的樣子，如果不還錢，她們兩個肯定會被送去娼館裡吧。

畢竟路賽莉絲和嘉內在各種意義上，都在一般的水準之上。

從魅力這點來看，甚至是會讓伊莉絲痛哭流涕的程度。

「…………叔叔，你剛剛是不是在想什麼失禮的事情？」

「是妳想太多了。為什麼要瞪我啊？好了，我們走吧。」

傑羅斯為了將男人們的注意力從路賽莉絲兩人身上轉移開來，故意用力地打開大門。

那些來者不善的男人如同傑羅斯所料，看了過來。

「好了好了，我都聽說了。大家先冷靜一下吧。」

「你是誰啊你……」

「我是住隔壁的談判人。」

「談判人？沒人找你來啦！」

「各位這樣說真的好嗎？如果你們手上的借據不是這兩位，而是其他人簽署的，你們應該也會很頭痛吧？」

聽到傑羅斯這麼說，男人們看了看彼此，露出得意的笑容。

那是帶著「我們決不可能弄錯」，明確地充滿了自信的笑容。

「不可能。畢竟我是親眼看到那位神官來借錢的。」

「我也親眼看到那邊那個巨乳——就是那個女傭兵來我們這裡借錢。除了我之外還有很多證人。」

「巨、巨乳……」

男人的一句話，讓嘉內企圖遮掩自己的胸部。

雖然這動作反而讓人覺得她故意在擠胸部，不過大叔很會察言觀色，所以刻意不提這件事。這樣還能一飽眼福——

大叔隱藏著心中的邪惡想法，表現出一副若無其事的樣子。

「你們真的能夠這麼篤定嗎？這個世界有魔法這樣的技術存在，也有可以假扮成他人的道具喔。如果是有人用了那樣的道具，單方面地拿了錢就跑，閣下你們的面子可是掛不住喔？」

「啥？怎麼可能會有那種事啊。」

「沒錯！我們可是親眼看到了喔，你少在那邊胡說八道！」

「局外人滾到一邊去啦！」

「呵……那麼要不要直接調查看看啊？就在這裡。」

男人們對自己的記憶非常有自信。

可是他們看到可疑魔導士的態度完全不為所動，也確實湧起一抹不安。

雖然是黑錢，但他們的確是遵照法律規定在營業的。

儘管利息比較高，他們還是會盡量避免做出違法的行為。

大部分的理由出在這座城鎮的領主身上，不過現在先不提這件事。

「要確認？你要怎麼確認啊。如果對方真的用了你說的那種能改變外觀的魔導具，那不是很難找出證據嗎？」

「要是對方改變了外觀，確實很難判斷那是否真的是本人。不過那也不是絕對的喔，就算外表上能假扮成他人，也還是有絕對無法偽裝的部分。」

「無法偽裝的部分？那是什麼……」

「是指紋喔。就是手腳的指頭上那種類似皺紋的東西。每個人的指紋形狀都不一樣。如果印在借據上的指印，跟現場這兩位的指紋不同，就能證明那是別人寫的了。」

「啥？怎麼可能會有這種蠢事！」

「我說的是事實喔？不然我們現在就在這裡確認一下啊。怎麼樣？」

看傑羅斯自信滿滿地如此斷言，男人們也不禁開始擔心起來了。

像他們這樣的討債公司，上面還有更大的老闆在。

當然這些老闆都是黑社會人士，要是遭到詐欺，老闆肯定不會放過害家族企業蒙羞的手下們吧。

不過他們現在或許還藉著從魔導士手中獲取相關情報，來挽回這次的失態。

男人們互相看了看彼此之後，默默點頭同意。

「……好，為了保險起見，就讓你調查一下吧。先說我可不是因為相信你才答應的喔？」

「如果這借據是真的，你皮就給我繃緊一點啊。」

「不用說，那兩個人也得來我們娼館上班！」

「好啊。那我準備一下，請各位稍等……」

大叔在禮拜堂的桌子上，放了兩個用來固定燒瓶的滴定管架、一條繩子以及用透明板做成的盒子。接著又拿出了培養皿、酒精燈、兩個洗衣夾以及裝有奇怪液體的小瓶子。

「……你這些東西是從哪裡拿出來的？」

「這是企業機密。畢竟我是個魔導士嘛……啊，請讓我看一張借據。」

「喔……」

大叔接過男人持有的借據並仔細觀察後，發現上面的指印是用右手拇指按下的。要是再進一步調查應該還能查出其他指紋，不過只要有一個就夠了，所以大叔選擇無視這件事。重點是可以證明路賽莉絲和嘉內沒有借錢就好了。

「我、我說大叔啊……你真的沒問題嗎？」

「不要緊的。哎呀，不過這也要妳們真的沒有借錢就是了。」

「我才不會去借高利貸呢！」

「那就沒問題了。啊，請兩位將右手拇指按在這兩張白紙上。這個動作非常重要，確認一下，兩位都沒有碰過這張借據吧？」

「啊？對啊……路妳呢？」

「我也沒碰過。只有討債公司的人拿到我們眼前，讓我們看過而已。話說回來，這樣真的有辦法證明嗎？」

儘管有點不安，兩人還是照著大叔的指示把拇指按在白紙上。

大叔拿起這兩張紙，用洗衣夾夾在事先固定在滴定管架上的繩子上，接著把木工接著劑倒進培養皿裡加水稀釋，再放到酒精燈上方加熱。最後用透明的盒子罩起來。

「喂喂喂，這樣是能調查出什麼啊？」

「簡單來說——指紋是手掌上凹凸不平的紋路。所以利用氣化後的木工接著劑固定手上殘留的油脂，重現那些凹凸不平的紋路，接著只要灑上粉末，就能顯現出指紋了。」

這是偵探小說、漫畫或者以是化學搜查小組為主角的海外影集常用的手法。

傑羅斯認為莎蘭娜很瞧不起這個世界的文化水準，因此事先準備好了能反過來利用她天真心態的方法。從莎蘭娜的行為模式來反推出這個結論並不難。

調查指紋以及嫌犯形象側寫。

莎蘭娜應該沒想到有人會在這個中世紀文明環境裡進行科學搜查吧。

「……魔導士還真是博學多聞啊。」

「這也有助於打擊犯罪喔。只要登錄了國民的指紋，在搜索竊盜犯時也能派上用場喔。」

「不，在比對的途中，嫌犯就會溜走了吧？畢竟這得花上不少時間。」

「那種情況就是得在鎮上安排專門的調查機構，而且就算對方逃走了，也只要在全國各地通緝他就行了吧？」

不管怎樣，那都不是傑羅斯的工作。增設國家機構是國家或是治理該領地的貴族的工作。

「傑羅斯先生真的很厲害呢。」

「不會，這不過是常識。」

「這哪裡是常識了？伊莉絲可是慌慌張張地跑去找大叔你討救兵了喔？」

「唔……可是誰會想到可以在這裡進行科學搜查啊。叔叔，你到底打算把這個世界變成什麼樣子啊？」

「沒啊，我只想過著低調平穩的生活喔。應該差不多了吧……」

不僅打造了機車、汽車，甚至還立下了科學搜查的基礎，卻把麻煩事全都丟給別人。他好像真的一點都不在意往後的事。

大叔一邊哼著歌一邊挪開透明的盒子，將兩張白紙放在桌上。

「好了，然後用我拿出來的這些粉……」

「「所以說你那些粉到底是哪裡拿出來的啦！」」

「這是企業機密。撒一點粉末在剛才燻過的白紙上，用羽毛刷輕～輕掃過之後，哎呀，真是神奇呢。指紋清楚地浮現出來了喔。既然借據上的指印——指紋都是一樣的，只要拿其中一張來比對就可以了吧。」

在眾人眼前上演的是非常基本的科學搜查技術。儘管大叔早就知道答案了，不過嘉內和路賽莉絲的指紋果然和借據上的指紋不同。

「這果然是其他人假扮的呢。這完全是詐欺行為喔。」

「真的假的！」

「那到底是誰假扮成她們兩個啊？這筆跡跟她們的字跡一樣喔。」

「啊，關於這點，你們應該知道城裡到處都貼滿了通緝令吧？那個女通緝犯直到不久前都還潛藏在這所教會裡。應該是那時趁隙學會了該如何仿造她們兩人的簽名吧。」

「居然搞這種瞧不起人的把戲！我一定要找她算帳！」

男人們憤怒無比。即使他們表面上遵守法律，仍然是黑社會的一分子。

在這個業界，一旦被人瞧不起就完蛋了。

「回去跟老闆報告！即使翻遍每一塊土地，都要把她找出來，叫她付出代價！」

「我也會去跟老大報告，要逮住那個女人。」

「回去叫人來！就這回，我可以跟你們合作。」

男人們怒氣沖沖地走出教會。

這麼一來，莎蘭娜也被黑社會盯上了。

大叔對這個結果十分滿意。

「傑羅斯先生，多虧有你幫忙，得救了。真的非常感謝你。」

「是啊……一時之間還不知道會怎麼樣呢。真是得救了。」

「不會不會，請別介意。畢竟原因出在我家人身上嘛，還好我有事先做好準備。」

不知為何，總覺得兩人都用熱情的眼神凝視著傑羅斯。

現場只有伊莉絲以冰冷的眼神看著他。

「叔叔……你根本就知道你姊姊會做些什麼吧？」

「我也沒辦法完全預測，不過考慮到這個世界的文化水準，我想那女人八成不會用上什麼精心設計過的手段吧？她原本就是個怕麻煩的人，基本上會採用的手法都是根據當下的狀況掌握對方的弱點，趁隙行事。」

「如果叔叔你一開始就採取行動，就不會發生這種事了吧？因為叔叔比你姊姊強多了啊。」

「「啊！」」

路賽莉絲她們到這時候才首度發現這個事實。

沒錯，如果是擁有壓倒性強大實力的傑羅斯，照理來說是可以在不驚動他人的情況下抓到她或者打倒她才是。

可是大叔本人只在暗中行動，沒有要率先去抓住姊姊的意思。

明知道她潛伏於教會之中，依然放任她不管。

「妳注意到這一點了啊……沒錯，只是要抓住她的話，我隨時都辦得到。」

「那你為什麼不立刻抓住她啊！還害我們碰上這種麻煩。」

「因為那個女人很會演戲。就算我直接出面，她也會假裝自己是別人直到最後一刻。而且如果直接面對她，我可能會無法壓抑情緒……妳們也不想被牽連吧？」

「唔！這是有點恐怖……抱歉啊，大叔。而且仔細想想，我差點就被她給騙了。」

「我是沒什麼自信，但還是覺得她有些可疑喔？雖然我也差點跟嘉內一樣要被她騙過去了。不過該說幸好嗎，我在做神官修行的時期碰過的祭司大人，多多少少有點她那種感覺。」

「不謹慎一點行動的話，就換我們要被當成是罪犯了。實際上也是這樣沒錯。風險當然是愈低愈好不是嗎。所以還是看準她行動的時機來對應比較理想。」

「所以叔叔那時候才會透過強尼他們下指示給我啊……你該不會是刻意安排，在她造成嚴重的損害之前把她從這裡趕出去的吧？」

「即使我知道那就是她本人，可是她就很會裝無辜啊～趁她採取可疑行動的時候再來挫挫她的銳氣比較有效。」

會計畫性犯罪的人警戒心很強，也很擅長話術。

而且為了花時間取得目標的信賴，必須要具備精湛的演技。

莎蘭娜——麗美在這方面可說是天生就具有這樣的才能。

「……我至今還是想不透，為什麼我父母會生出她這樣的惡魔。」

「叔叔的父母是？」

「父親是一心致力於工作的普通上班族，母親則是為了努力工作的父親而盡心盡力。他們都是老好人……」

「我不知道上班族是什麼，不過聽起來是個普通的幸福家庭啊。還真是不可思議呢……」

「叔叔被這種姊姊耍得團團轉，好可憐喔……」

不過傑羅斯打算在這次結束這一切。

莎蘭娜只要背後沒有人撐腰，計畫能力就會一落千丈。

現在的桑特魯城四處都是她的敵人，她沒有任何能夠依賴的對象，就算想找個共犯也沒有時間。

這也是大叔長年下來，持續分析「大迫麗美」這個罪犯的行為模式後所得到的成果。

「嘿嘿嘿……審判的時間到了。我這次絕對要淨化那個惡魔。」

『『『哇啊～……他看起來超級樂在其中的。』』』

惡魔的受害者似乎也被惡魔附身了。被名為復仇者的惡魔……

傑羅斯臉上露出惡毒的笑容，走出了教會。

「……就這樣眼睜睜的看他犯下殺害親人的罪過，真的好嗎？」

「可是他的恨意很深喔。妳覺得我們阻止得了他嗎？」

「辦不到吧。我們根本阻止不了認真起來的叔叔，而且感覺他等著這一刻的到來等很久了……」

留在教會裡的三人，煩惱著該不該阻止即將上演的姊弟相殘。

這讓她們重新思考起何謂人道主義。

◇◇◇◇◇◇

傑羅斯在教會做完科學搜查的三個小時之後，莎蘭娜被一群黑社會男子包圍著。

莎蘭娜對他們沒印象，可是這些人的身上明顯帶著殺氣。

一個男人從這幫人之中站了出來。

「唷，我們找妳好久了。妳倒是幹出了很瞧不起我們的事嘛。」

「你是在說哪件事啊？我完全沒有印象喔。」

「妳這傢伙，假扮成別人跟我們借了錢吧？而且還說什麼很快就會還，妳根本打從一開始沒打算要還錢吧？」

「你、你在說什麼啊……」

她總算知道答案了。

這些男人是莎蘭娜假冒了路賽莉絲和嘉內的長相和名義，跑去借的高利貸公司的人。

可是自己的真實身分為什麼會曝光。

莎蘭娜搞不懂這一點。

「少在那邊裝蒜了！妳簽下的借據就是最好的證據。」

「哎呀，為什麼那東西會變成是我寫的啊？」

「妳知道指紋嗎？」

「！」

這句話讓她瞬間理解了一切。

他們鑑定了按在借據上的指印——也就是指紋。

也就是說，這個世界已經引進了科學搜查的其中一種手法。

儘管她從來沒聽說過有這回事。

「為、為什麼……」

「是某個親切的魔導士告訴我們的，說妳在幹這種詐欺勾當啊～妳之前待在那所教會對吧？這下得請妳付出瞧不起我們的代價啦～啊？」

「親切的魔導士……那傢伙～又做這種多餘的事！」

「原來你們認識啊？算了，這對我們來說是沒差啦……好了，得請妳把借走的錢連本帶利一起吐出來嘍。」

「開什麼玩笑！『潛影術』。」

「什麼！」

莎蘭娜突然潛入影子之中。

使不出同樣招數的小混混們很難把她揪出來。

但「潛影術」也有弱點，那就是要潛入影子裡必須耗費相應的魔力，潛伏的時間愈長，魔力自然也會隨之消耗愈多。

一旦魔力見底就會從影子裡現身，同時有著會因為消耗的魔力過多而陷入憔悴狀態的缺點。

簡單來說就是不可能長時間使用潛影術。

「冷靜點！反正她也沒辦法一直躲在影子裡，只要以這附近為重點搜索，一定找得到她！各自散開抓住她！」

「「「「喔喔喔喔喔喔喔喔喔喔喔喔喔喔喔喔喔喔喔喔喔喔喔喔喔喔喔喔！」」」」

而潛影術的這個弱點也早就曝光了。

城裡的居民、衛兵和騎士、賞金獵人，還有黑社會分子。

即使莎蘭娜勉強逃出了這裡，包圍網仍是滴水不漏。

『明明乖乖順著我就好了，他卻每次都要反抗我……那傢伙到底是要擅自做多少事情才滿意啊！』

傑羅斯最不想聽到莎蘭娜這樣說他吧。

她自己才是個最我行我素，思考邏輯又有很多問題的人。

她一路貫徹自己的生存方式，結果就是無可救藥地遭到世界的排擠。

這狀況也不全是因為傑羅斯暗地裡動了很多手腳才造成的。

最大的原因還是出在她曾打算殺害公爵家的繼承人。

因為王族施行了許多優良的政策，所以有王族血統的索利斯提亞公爵家也深受人民愛戴。

民眾甚至說公爵家的現任當家一口氣讓人民的生活進步了十年，變得富裕許多。

想要危害這樣的公爵家一族，自然讓居民怒不可遏，所以會演變成現在的狀況，也是理所當然的。

儘管如此，莎蘭娜還是會把自己的失敗怪在別人頭上，所以才說她根本無藥可救。

唉，她的親弟弟也完全不想救她就是了……

『該逃去哪裡才好……即使想從碼頭逃走，那裡也是戒備森嚴……雖然有點可怕，不過逃去墓地應該比較好吧？幸好那裡有一座小小的教會，也沒什麼人會過去。』

桑特魯城北邊有一片寬廣的墓地。

中間有一座老舊的教會，不過這間教會除了舉辦葬禮之外都沒在使用，由四神教的祭司們負責管理。是個很適合躲藏的地點。

『既然決定好，就不能在這裡拖拖拉拉的了。我無論如何都要逃掉！』

她利用潛影術穿過男人們的包圍，開始朝著墓地移動。

有位死神正從建築物的正上方觀察著她。

「嘿嘿嘿，被我找到了。是說這些討債公司的人意外的有用呢。因為式神在使用上有時間限制，他們真是幫了我大忙啊。」

那是穿著一身漆黑裝備的傑羅斯。

他有如引導亡者的邪惡神官，追在莎蘭娜身後。

『她的目的地是……從這方向來看，應該是公墓？這我倒是沒料到呢。不過除此之外都在我預料之內就是了。』

漆黑的魔導士飛過桑特魯城。

為了完成他壯闊的復仇作戰。

第十話　大叔沒做多餘的事，靜靜地守候著

在西邊的天空染成一片紅的傍晚時分，傑羅斯追著在討債公司的追殺之下，持續逃跑了約四個小時的莎蘭娜，來到了公墓。

這時大叔發現了另一道尾隨在莎蘭娜身後的人影。

『喔，那是札彭老兄嗎？為什麼他會知道那傢伙身在何處？雖然我有準備一些小道具給他，但我應該沒有給他能找出對方所在地的東西啊……』

不知道這是出於札彭的愛，還是他基於受騙的憤怒產生的執著，又或者是命運的安排，但他還是找到了莎蘭娜。

在莎蘭娜逃離教會同時，他也消失了。他或許是一直跟在莎蘭娜身後，又或者是在城裡進行了地毯式搜索吧。

『我是借了他一點錢沒錯，可是那實在不夠用上兩個星期吶～他要不是真的很會節省開銷，就是做了些壞事……應該不會吧。』

儘管大叔的心中冒出了許多疑問，可是再怎麼想也不會有答案。

雖然只要去問本人就好了，但他總覺得問這些很不識相。

畢竟他也是受害者，是個不幸愛上一個壞到骨子裡的惡女，一旦自己失去利用價值，就輕易地被對

方捨棄的可憐男子。

『……算了，反正他是受害者，照順序也應該是他先才對。我就先靜觀其變吧。』

札彭保持一定距離，跟蹤著莎蘭娜。

莎蘭娜穿過公墓的大門之後，他也沒發出聲音地一口氣跑了過去，躲在門柱後頭。如果不清楚整件事的狀況，他看起來就只是個跟蹤狂。

『話說回來，她明明穿過了城鎮，周遭的人卻沒有什麼反應嗎？現在整座城裡的人應該都知道她的長相了才對啊。難道她手上握有什麼能防止別人發現那是她的道具？』

大叔之前跟莎蘭娜交手時，她的能力不是很強。

她以實力上來評斷的話在伊莉絲之下，是靠著各種道具來強化自身的能力。

她那樣其實也滿難對付的，不過面對擁有壓倒性實力的傑羅斯，光憑那一點強化根本沒有意義。

傑羅斯不認為實力只有這點程度的「刺客」，身上會有能夠模糊周遭認知的技能。

『用道具補強自己，藉此做出高級玩家才能做到的事嗎……不過這一類的道具都有使用次數，或是需要填充魔力這類的限制呢～而且對比自己強的對象無效。再加上她不是魔導士，能持有的最高魔力量應該也不多才對。』

雖說還有技能等級等各種能力細項，不過就算排除那些因素，他也不認為莎蘭娜擁有高強的技術或能力，而這也表示眼下的狀況有些棘手。

儘管有限制，但是可以暫時騙過他人目光的好處實在太大了。

可是就算弄清楚了她至今為止沒被抓到的理由，大叔還是不明白她為何到現在還留在這座城鎮裡。

就算她的目的是得到可以解除「回春靈藥」藥效的魔法藥，繼續留在這座桑特魯城的風險也很高。如果換成傑羅斯站在同樣的立場上，他一定會選擇先暫時離開城鎮重整態勢，之後再挑戰的做法。冷靜分析狀況之後再採取行動是一般的行動原則。

大叔腦中一瞬間閃過「她是笨蛋嗎？」的念頭，不過仔細想想，莎蘭娜的確是笨蛋。只有做壞事的時候是個天才。

『雖然到現在才追究這些事情也……哎呀，我得跟上才行……』

大叔無聲無息地從建築物上落地，並追在札彭身後前往公墓。

◇◇◇◇◇◇

來到桑特魯城之後，札彭開始有餘力可以思考一些事情了。

一開始因為心愛的女性失蹤而痛徹心扉的他，在什麼都不清楚的情況下，便順著心中的執著展開行動，然而冷靜下來之後，他就知道自己之前根本不顧一切，只任憑一股強烈的情感驅使著自己。

儘管這些強烈的情感曾在一時之間轉化為對傑羅斯的殺意，他卻沒想到自己反而會因傑羅斯釋出的殺意而感到恐懼。

這就是他在失控的情緒驅使下行動的後果吧。

幸好傑羅斯讓他的腦袋稍微冷靜下來了。

『要是我就那樣持刀刺向他，不知道會有什麼下場……』

光是回想起來，他的身體便不禁顫抖。

如同冰一般寒冷的某種氣息，或是像有人持刀抵在自己背後那樣，冷酷且無情的死亡氣息。

那種彷彿能瞬間奪走生者靈魂的死神就在身邊，讓生存本能在一瞬間超過警戒層級的感受，是他至今從未體驗過的。

漁夫可說是水邊的獵人。是從水面上探查魚類的氣息，再投下魚叉或魚網，捕捉獵物的職業。所以他在自然而然間便學會了能夠感覺到生物氣息的能力。

就是因為這股能力讓他理解到自己有危險，他現在才能放心地想著，還好自己當時沒有真的持刀刺向傑羅斯。對針對自己而來的殺意起了反應的傑羅斯，比任何事物都更加危險。

『姊弟啊……如果莎蘭真的靠道具變年輕了，那麼她……』

札彭希望自己目前所知的情報是錯的。

然而現狀告訴他，他的希望恐怕無法實現了。

因為他知道，他所知的莎蘭和莎蘭娜就是同一個人。

雖然是從傑羅斯家的儲藏室偷偷觀察，不過他已經確認了，莎蘭娜毫無疑問地就是莎蘭。

即使如此，札彭還是追在她身後。

『我……事到如今見到她，到底想說些什麼？』

究竟是欺騙了他的莎蘭可恨，還是受騙上當的自己太蠢，他已經搞不懂自己現在心裡在想什麼了。

唯有想確認真相的念頭讓他振奮起軟弱的心，他不斷地反覆自問自答，儘管陷入了想逃離這一切的悲慘情緒之中，仍一步一步地往前邁進。

他只是想知道答案。

『現在不做個了斷的話……不這麼做，我就無法繼續前進。』

他曾窺見傑羅斯心中的深沉黑暗。

在表現得悠哉輕浮的態度下，隱藏著龐大到無法處理的怒氣和殺意活著。

之所以會想殺掉莎蘭娜，應該也是傑羅斯用來對此做一個了斷的方式吧。那是一股不這麼做就無法平息，有如比黑暗更深沉的地獄深淵那樣的感情。

這就是傑羅斯的心，充滿了在長期累積下，逐漸形成想殺死對方這種程度的恨意。只要能弄死莎蘭娜，他什麼都做得出來吧。

他甚至不惜利用他人的力量，只為了徹底將莎蘭娜逼入絕境，讓她深刻地體會到何謂絕望。

而且即使不是他親手殺掉莎蘭娜也無所謂。

就算最後是由賞金獵人或黑社會分子下手他也不在意。

傑羅斯就只是創造出了這樣的狀況。

這再怎麼說都不是值得稱讚的事。不如說根本是偏離正道，不該做出的行為。

畢竟他想殺了親姊姊。這在神話或故事中雖然是很常見的橋段，不過實際站在他的立場上，就能感受到有股不知名的汙濁情感席捲了他的心。

跟他那股深不見底的黑暗相比，札彭心中的感情不過是小病小痛罷了。

『那真的是人會有的情感嗎……我也像他一樣嗎……？』

札彭覺得自己被背叛了。

同時也想要繼續相信對方。

面對這樣的札彭，傑羅斯給了他整理心情的時間。

一個面對恨之入骨的對象，心中懷著想立刻殺掉對方的恨意的男人居然這麼做了。

札彭當然也可以選擇什麼都不做就直接回去，可是不知道為什麼，他不想那麼做。

『她進去教會裡了嗎……等一下，她是什麼時候打開門鎖的？』

札彭躲在墓碑後，親眼看到莎蘭娜從後門非法入侵小教會的景象。動作迅速，看得出她非常熟練。

確認莎蘭娜進入教會之後，札彭也隱藏起自身的氣息，輕手輕腳地靠近後門，慢慢開門走了進去。

後門這一側是遺體安置處，還留著兩口老舊的棺材。

再往前似乎是禮拜堂，可以看見她正以粗魯的坐姿坐在裡頭並排的長椅上。

那是札彭從未見過的莎蘭。

札彭深吸一口氣之後，再緩緩吐氣，讓自己狂跳的心臟平息下來。

看來他心中還有些迷惘。

『走吧……』

札彭做好覺悟了。

他覺得無論結果如何，自己都該接受現實，便鼓起了勇氣，向前走去。

「莎、莎蘭……」

他想著這就是最後一次了吧，用顫抖的聲音開口搭話。

◇　◇　◇　◇　◇　◇　◇

「莎、莎蘭……」

整個人靠在長椅上稍事休息的莎蘭娜聽到這聲音，整個人跳了起來。

剛剛自己闖進來的門前，站著一個男人。

『是、是誰？看起來……不像是賞金獵人。哎呀，好像是曾經在哪裡看過的醜男耶……』

她徹底忘記札彭了。

雖然有印象，但傷腦筋的是她想不起對方的名字。不過莎蘭娜可是個老練的人渣。

她認為自己這時該做些模稜兩可的回應。

戴上一如往常的淑女面具……

「你、你為什麼會在這裡？」

「我找了妳好久。因為妳突然失蹤，家裡又被人搜刮一空……所以我以為妳是被捲入了什麼事件裡……」

「是嗎……對不起。因為我有個非見不可的人……」

「妳的記憶……恢復了吧？」

『記憶？啊啊……是來到這個世界之後我常用的手法。那這個男人就是被我利用過的人之一嘍。啊啊……人長得太美真是罪過啊。就對我如此地難以忘懷嗎？不過這個人到底是誰啊？』

她還是想不起來。

就算來到這個世界，莎蘭娜仍不斷利用他人善意，欺騙了為數眾多的人，所以她是真的想不起來這是誰。

對莎蘭娜而言，這男人也只是個棄子罷了。

「對……可是因為我恢復了記憶，至今為止在哪裡生活的記憶反而變得模糊了。我雖然記得你的長相，可是名字……」

「這樣啊……不過妳沒事就好。我們可以再一起生活吧？」

「這個……我沒有辦法。」

『一起生活？別開玩笑了！像你這種一臉不幸的男人，我可是敬謝不敏。雖然好像有點利用價值就是了。』

莎蘭娜藏起心中的醜陋想法，若無其事地扮演著淑女。

她說不定有成為女演員的才華，不過她的個性根本不適合過那種行程需要受人管理的生活，應該很難持續工作下去吧。

更重要的是她根本不喜歡工作。

「……為什麼？」

「這是因為……」

她當然不能說「誰要跟一個窮光蛋結婚」這種話。

而且既然眼前這個人或許還有些利用價值，現在說出真心話就不是個好主意。

莎蘭娜打算慢慢挖出對方身上的情報，若是對她造成了妨礙，再捨棄或是收拾掉這個人就好了。說來說去，莎蘭娜也是個接受了弱肉強食法則的人。

關鍵在於她接下來該怎麼回答。

儘管她連對方的長相都忘了，不過既然對方是自己過去拋棄的棋子，就表示對方知道關於她的一些情報。

『現在稍微加一些事實進去，說起來會更有可信度吧。一直亂掰反而有可能會露出馬腳。』

姊弟都是一樣的反應。

「……我活不了多久了。我知道這個事實後，腦袋就一片混亂……等我回過神來，才發現自己來到了這座城鎮……」

「妳活不久了……是為什麼？」

「我被人當成了某種祕藥的實驗品……雖然這座城裡的某個魔導士擁有可以消除那個藥效的祕藥，但就是那個魔導士把我的身體變成這個樣子的！」

她故意眼眶泛淚，博取同情。

內心則想著：「這下這男人就是我的俘虜了。既然他會執著地一路追來找我，一定會上當的啦！」

她裝成那種該說只有在男人的幻想中才會出現的理想弱女子，正是莎蘭娜最擅長的把戲。她已經用這個方式攻下無數的男人了。

「既然如此，不是應該呈報給衛兵或騎士團嗎？單獨行動太危險了。」

「沒辦法……那個男人跟公爵家有往來。他們能夠輕易地殺害我，連一點證據都不留下地處理掉我的屍體吧。」

「公爵家？魔導士？」

男人不尋常的反應讓莎蘭娜心裡覺得很奇怪。

她原本預料對方會有：「既然這樣，我就潛入他的根據地，幫妳去偷那什麼祕藥出來吧！」這樣的反應，可是這男人的態度卻有些平淡。

「那該不會是住在舊街區教會後面的房子裡，一個看起來就很可疑的魔導士吧？」

「咦？是……」

「我覺得他不是那麼壞的人耶？他請了餓著肚子的我吃飯，還送了很昂貴的魔法藥給我喔？」

「啥？」

莎蘭娜萬萬沒想到他已經先見過了傑羅斯。

當然莎蘭娜無從得知，實際上事情完全照著傑羅斯的預料發展，甚至因為進展得太順利，還讓他以為是不是還有什麼陷阱。

事情的發展簡直糟透了，可是莎蘭娜還在摸索著該怎麼在這裡扳回一城。

『這時候還是把聰塑造成壞人會比較輕鬆。就讓我來回敬你之前整我的一切吧！』

先不論她心裡是怎麼想的，不過莎蘭娜決定巧妙地營造出悲壯的氣氛，藉此博取札彭的同情。

「這就是那男人慣用的手段！假裝成人畜無害的魔導士，私底下卻害得許多人落入不幸的深淵。我們就是成了他手下的犧牲者……」

「妳說我們？還有其他受害者嗎……？」

「對……我就是因為有人幫助我，才順利逃脫的，可是我的那個恩人也被那傢伙給……」

她在此時還特別強調有其他受害者在，加強整件事的悲劇性。

同時透過把傑羅斯塑造成惡徒的方式，讓札彭對自己的執著心轉變為殺意或怒氣，打算藉此來誘導他的思考方向。

儘管沒有明確的證據，但和公爵家有往來這點反而更能加強他是個壞人的可信度。

「他真的有這麼壞嗎？他可是免費把這個『無論是多惡質的祕藥藥效，都能全部抵銷的神祕藥水』送給了我耶……」

「……咦？」

聽到這句令人在意的話，莎蘭娜瞬間停止了思考。

然後她不斷反芻這段話的意思，才總算察覺到自己朝思暮想的東西就在眼前。

出現的太乾脆，她的思緒反而一時跟不上。

她看著札彭手中的魔法藥，因為情緒太過激動而無法冷靜思考。

「他好像是說有些魔導士會做一些非常危險的東西出來，為了自保才自製出這種藥水的。他是說『不確定實際上有沒有效』啦……」

「……那個藥水很可疑耶。」

「我說我家裡值錢的東西都被人洗劫一空後，他就很好心地說『這個拿去賣應該可以賣到不錯的價錢』，然後直接送我了耶？」

「那個……是真品嗎？名稱是什麼啊？」

「好像因為剛製作出來，所以還沒有名稱。再說開發出這款藥水的人好像是他朋友，但那個朋友沒有幫這商品取名。」

「那是……騙人的吧？我不認為那個男人會這麼親切。」

這樣一來，把傑羅斯塑造成壞人的說法就會出現破綻。

雖然莎蘭娜刻意表現出防備心很強的態度，但不確定這有多大的效果。

「與貴族掛勾的壞蛋」和「好心又大方的魔導士」，兩者之間的可信度有極大的落差。

莎蘭娜原本是想盡可能地抹黑傑羅斯，讓這個男人變成自己的傀儡，然而他事先已經和傑羅斯碰過面的事實，以及傑羅斯「好心又大方的態度」這兩點上，讓莎蘭娜的說詞有了破綻。她完全判斷錯了。

不如說這反而會讓對方懷疑起莎蘭娜。

更重要的是，眼前就有她夢寐以求的解藥。

『失策了。真應該多收集些情報後再出招的。話說回來，他明明不肯把我想要的東西給我，卻這麼輕易就送給其他人了？究竟是要把我惹毛到什麼程度他才甘願啊！』

毫無道理可言的怒氣。

在此同時，莎蘭娜也開始覺得這是個好機會。

『算了。反正這樣我的命就有救了……這麼一來，這男人也沒利用價值了。』

藥水就在眼前，要搶很容易。

不過這男人知道她的長相，而莎蘭娜又是個通緝犯。

放過他一命只會對自己不利，還是處理掉他比較實在。

可是屍體被人發現就麻煩了。

『解決他之後再把屍體丟去森林裡？就像聽說的，這真的是一個最適合處理屍體的世界呢。幸好有道具欄，要帶走屍體應該不難。』

她一邊盤算要做壞事，一邊關注著眼前男人的行動。

因為要是沒能一擊就解決他，事後要收拾起來也很麻煩。

『既然是死在教會裡，你一定能上天堂吧。接下來……』

只剩下等待機會降臨。

「有這個的話，妳一定可以活下去吧。那麼，再跟我一起生活吧。」

「可是我不認為那個是真品。畢竟是那個男人所做的東西……」

「我想應該沒問題喔。他說他手上還有好幾瓶一樣的藥水。不過因為材料的緣故，數量好像不多就是了……」

「真的……沒問題嗎？」

「嗯……如果真的出了什麼事，我會陪妳一起死的。」

莎蘭娜看著札彭緩緩靠近，仍繼續扮演著淑女。

她心裡想著：『一起死？只有你會死啦。我會犧牲你，繼續活下去給你看的。』但自己卻不主動往前，只是靜待時機到來。

「我不會再放開妳了……」

「啊啊……可是我好怕……」

札彭緊緊地抱住莎蘭娜。

莎蘭娜在心中咒罵『噁心死了！』這種汙衊的話語，把手伸向藏在腰際上的小刀。然後一口氣從刀鞘中抽出小刀，朝著札彭心臟的位置刺了進去。

「咕啊！」

「呵呵呵……對不起了，你這種男人不是我的菜。」

「莎……莎蘭。」

「你應該作了一場好夢吧？那就這樣幸福地死去吧。真的很謝謝你，這麼一來我就……啊哈哈哈哈哈哈！」

札彭流著血倒下。

雖然血液染紅了地板，不過只要別讓人找到屍體，就不成問題了。

莎蘭娜拿起掉在地面的「魔法藥」瓶子，露出燦爛的笑容。

「聽也真笨呢。竟然把貴重的魔法藥交給這種男人……不過多虧如此，幫了我大忙啊。」

「不不不，您誇獎過頭了。」

「什麼？是誰！」

莎蘭娜看向聲音傳來的方向，只見穿著一身漆黑裝備的弟弟就站在那裡。

「你……是什麼時候……………」

「我從一開始就把一切都看在眼裡嘍。哎呀哎呀，真沒想到妳會在教會裡殺人呢。姊姊妳這個人惡劣的程度，真是連我都自嘆不如啊。」

「你該不會是把這男人拿來當成誘餌了吧？你到底是有多狠心啊！」

「妳有資格說我？哎呀，我只是看在他跟妳先約好了的份上，把第一手讓給他而已。你說對吧？」

「是啊……傑羅斯先生，事情就像你說的那樣……」

「！」

自己方才殺害的男子爬了起來。

莎蘭娜確實有感覺到小刀刺中了他的身體，照理來說這個人不可能還活著。

「為、為什麼……」

「手上有『替身人偶』和『獻祭人偶』的人，可不只有姊姊妳喔？妳以為是誰在製作、販賣這些裝備的？」

「身為『黑』的你根本不是生產職業吧！為什麼可以販賣這種東西啊！」

「說正確一點，我是同時可以擔任生產職業的攻略組。我會當作是清庫存，把在多人共鬥頭目戰中沒有用到的道具拿出來賣，有什麼問題嗎？嗯，我是會看場合來決定要當生產職業還是攻略組就是了。簡單來說就是看當下的心情啦。」

「有夠隨便的！你……我可是信了你的謊言，吃了很多虧耶？」

「那是妳自作自受吧。要我用姊姊妳的邏輯來說的話，那就是妳受騙上當是妳自己不對啊。」

「你真的很隨便耶！」

他明明有在以生產職業的身分活動，卻斬釘截鐵地說過自己「不是生產職業」，才以為他不是，他又會視情況改口說「我是生產職業」，這樣的態度確實很隨便。

這方面只能說他們姊弟倆真的很像。

「你啊，竟然能這樣若無其事地說謊……你沒有半點羞恥心嗎！」

「哎呀～我可不想被姊姊這樣說呢。而且妳還打算在教會殺了妳騙過的男人，哎呀哎呀，這我可真的學不來呢～實在太下三濫了……」

「你說誰下三濫來著！真虧你好意思對如此善良體貼的我說這種話。」

「哈哈哈，妳善良體貼？哪裡善良體貼了？」

「而且你為什麼拔劍了？你知道這裡是教會嗎！」

「不不不，這句話我真想原原本本還給剛才的妳呢。妳知道什麼叫打臉嗎？」

傑羅斯不改他那悠哉又輕挑的態度。

然而他的身上明確地釋放出了殺意。

「而且妳根本沒理解到自己犯了錯……」

「我是完美的！我才沒有犯錯！」

「我說啊～那邊的札彭老兄不是說他『見過我』嗎？既然這樣，妳以為他至今都住在哪裡？」

「那當然是旅館啊……該不會！」

「沒錯，他一直躲在我家的儲藏室，監視著姊姊妳喔。妳沒有發現嗎？」

「也就是說，你從一開始就發現了吧？不僅如此，你還想假借他人之手殺了我……真是惡毒啊。」

「所以說～只有妳沒資格這樣說我啦。看著一直白費力氣努力的姊姊，我光是要忍著不笑出來就費了一番工夫呢～因為妳實在是太滑稽了啊。」

這就表示莎蘭娜一直被傑羅斯玩弄於股掌之間。

這時候她才體會到日本的法律是如何保護了她的人身安全。

畢竟無論是多麼罪大惡極的犯人，基本人權都受到了法律的保障。

然而異世界就沒這回事了。

傑羅斯靠著大量的人員協助，讓莎蘭娜沒辦法多做些什麼壞事，等她一採取行動就掀開她的底牌，現在更是打算要收拾掉她。

這是有計畫性的殺人事件。

不過在這個世界連做這種事都不會被追究。

畢竟莎蘭娜不僅是凶惡罪犯，還是不問生死的通緝犯。

被至今利用過多次的弟弟給擺了一道，令莎蘭娜怒不可遏。

「聰……你這個人啊啊啊……！」

「妳以為在這裡也可以繼續詐騙對吧？以為自己可以一如往常的陷害他人，奪走財物之後遠走高飛對吧？覺得這裡的文明水準低落，事情都很好處理對吧？真遺憾啊，就是這樣的大意造就了妳的可趁之機。姊姊妳為什麼覺得妳可以做到的事情，我就做不到呢？我可是比任何人都更清楚姊姊的性格呢。」

這時候莎蘭娜才首度體會到聰的可怕。不是因為他是「Sword and Sorcery」的殲滅者，而是因為他是能徹底看穿自己行動模式的天敵。

等她發現到這件事的時候，她已經被逼入絕境了。

傑羅斯是最糟糕、跟她最不合的敵人。

「所以做指紋比對的也是……」

「妳明明會有計畫性地行動，可是一旦知道能輕易達成目的時，態度就會變得不夠謹慎呢～我可是事先就準備好了喔。妳以為我沒察覺這個世界文明水準低落的事嗎？而且我早就知道妳一定會給我身邊的人添麻煩了。」

「那這魔法藥也是……」

「啊，那個是真的喔。我想說正好可以拿來當誘餌，而且我也不知道在這個世界喝了會產生什麼效用，所以怕得不敢用。」

聽到他這番話，莎蘭娜就安心了。只要這魔法藥是真的，自己就可以免於一死。

再來只要逃離這裡就好了。

「那麼～接下來輪到我了……嘿嘿嘿。」

不過她顯然沒有那麼容易就能逃掉。

第十一話　大叔真的火大了

被短劍劈開的長椅飛舞在空中。

傑羅斯使出的斬擊使長椅變成了無用的木片，悽慘地散落在禮拜堂內。

平常用來執行葬禮的神聖教會，現在化為以血洗血、互相廝殺的場所。

「哎呀呀～妳逃跑的速度倒是挺快的嘛。」

傑羅斯故意揮空，讓恐懼感深植於對手的心中。

由於他的臉上還是掛著一如往常的悠哉表情，令人難以捉摸。

唯一知道的只有他的殺意是貨真價實的。

「你幹什麼破壞公物啊。你不覺得這是在給納稅人添麻煩嗎！」

「妳這連稅金都不繳的人是在說什麼鬼話啊？那是有乖乖工作納稅的人才能說的台詞啊。」

「我不用繳！」

「因為妳是罪犯，對吧！」

「咿！」

一舉劈下的劍招帶出一道衝擊波。

猛力朝著莎蘭娜衝去。

她雖然連忙翻滾躲過了劈下來的劍，還是中了隨後襲來的衝擊波。

「嘎咿？唷咕哈！呼嘎呼啊哇啊？」

「……妳好歹是個人，可以請妳說人話嗎？」

「別……說這種……不可能辦到的事，你這超級虐待狂暴力魔！」

莎蘭娜只能悽慘地在地上連滾帶爬的逃跑。

畢竟對手是「黑之殲滅者」。不僅等級壓倒性的比她高，技能等級也非常驚人，根本不知道他還藏了哪些招式沒使出來。

兩人的實力差距大到低等級的莎蘭娜打從一開始就當不了他的對手。

而這樣的怪物決定先凌遲、玩弄莎蘭娜。

『我簡直像是跟魔王交手的勇者……』

雖說莎蘭娜自稱是勇者這點有待商榷，不過她說得沒錯。在這個「身體等級」和「技能等級」代表了一切的世界裡，差距愈大愈是不利。

更何況傑羅斯是個頂尖玩家。兩人間的實力差距大得有如魔王和普通村民。

然而他們兩人是超級大壞蛋與復仇者的關係，而光是了解到這一點，便讓莎蘭娜冷汗直流。

「你毀了這麼多東西，身為你背後金主的公爵可不會默不作聲吧？」

「喔，到時候我送上一片龍王的鱗片給他就是了。我不久前才打倒了一條活跳跳的龍，我想他應該會很樂意買下喔～這樣就換他欠我一次了。」

「既然你手上有那麼好的東西，還不快給我！」

「我才不要。」

傑羅斯將隨意取出的五把小刀射向莎蘭娜。

雖然肉眼可以判別，小刀射去的速度卻也沒有慢到憑莎蘭娜的等級就能擊落。

只要傑羅斯想，他明明可以一招解決，但他就是要這樣整莎蘭娜。

「唉～……姊姊妳只剩下兩條路可走了。」

「幹嘛，你是想叫我去自首，或是認命好好工作嗎？」

「姊姊妳好好工作？哈，笑死人了。即使世界毀滅，也不可能會發生這種事吧。期待不可能發生的事情發生，只是白費工夫罷了。」

「真失禮！不然你是想說什麼！」

「乖乖讓我砍了妳的頭，或是自己撲向我故意沒砍中的劍招，大概是這樣吧？」

「你的意思是要我自己去送死？根本除了死以外沒有其他選項嘛！」

「那有什麼問題嗎？」

大叔一臉疑惑地反問她。

反過來說，別說要她死是前提了，根本是確定事項，除此以外不做他解。

「你啊……絕對會不得好死。」

「哈哈哈哈，姊姊妳也一樣吧。我不可能讓妳活下去！」

傑羅斯邊說邊揮下短劍。

儘管他有手下留情了，莎蘭娜卻因為被他趁虛而入，而硬生生地吃下了這一記攻擊。

從短劍上傳回來的手感，讓大叔知道自己真的砍中了。

「糟、糟糕……」

這是因為太輕易就殺死對方而產生的寂寥感。

對傑羅斯而言這結果實在非他所願。

「我原本打算多凌遲她一下，再下殺手的……不小心太用力了。」

「……不是，你完全沒有殺了姊姊的罪惡感嗎？」

一旁的札彭吐槽他。

「罪惡感？我沒有會因為收拾了那個婊子而產生的罪惡感喔。」

「真……真是個可怕的男人。」

大叔的心靈也已經腐敗到了一個程度，讓札彭想敬而遠之了。

他對於要殺死莎蘭娜這件事沒有半點猶豫。

「嗯？」

傑羅斯本以為自己失手造成了非他所願的結果，卻突然在視線範圍內發現地上掉了某個紙片。

看到那玩意兒的瞬間，傑羅斯喜孜孜地向上躍起，將劍朝下，並用全身的重量朝莎蘭娜的屍體刺了下去。

「呀啊！」

短劍刺進了急忙躲開的莎蘭娜身旁的地板上。

莎蘭娜還活著。

「原來……妳身上還有『獻祭人偶』啊。嘖！啊，不對，這樣我就可以徹底矯正妳的劣根性了，這我就別計較了吧。」

「你看起來很高興呢……我就料到可能會有這種情況，所以事先預留了一些。我怎麼可能把這麼方便的東西全都用光呢！」

「也就是說，我暫時可以不用放水，盡情砍妳了對吧？哎呀哎呀，妳真是太體貼我這個弟弟了。」

「怎麼可能會是那樣啊！你到底有什麼毛病？」

「咦？原來妳不是為了親自承受我至今的恨意，才保留那些獻祭人偶的喔？」

「……我為什麼要做那種智障聖人才會做的事。不用想都知道不可能！」

「就是說嘛～……真要說起來，姊姊才沒有這種會體恤他人的心。嗯，不過我要做的事情還是一樣就是了。」

「果然如此嗎！」

傑羅斯在說完同時揮劍。

然後橫劈、斜下砍、斜上砍、刺擊。

毫不留情地連續攻擊。

「咿呀啊啊啊啊啊啊啊啊啊啊啊啊啊！」

「哦？」

直接承受了所有傷害的莎蘭娜，悽慘地倒在教會的地板上。

她看起來很痛的樣子。

滾。

照理來說她應該不會覺得痛，然而莎蘭娜卻像是全身上下都感受到了痛楚，慘兮兮地在石地板上打

之前交手的時候她沒有產生過這種反應，這之間的差異稍微挑起了大叔的興趣。

「嗯……『獻祭人偶』或『替身人偶』明明可以讓傷害無效的，妳為什麼會覺得痛呢？之前和姊姊對峙的時候，沒有發生過這種狀況啊……啊，難道是道具的品質太差了？」

傑羅斯的著眼點在品質落差上。

在「Sword and Sorcery」之中，道具會因為品質不同而出現性能差異，這算是玩家間的基礎常識。

「獻祭人偶」或「替身人偶」的品質愈差，就愈容易留下傷害，要達到完全無傷的效果，就必須從高等級的生產職業玩家手中購買。

基於這一點來看，大叔得出了莎蘭娜應該是把手邊品質最好的道具全數用盡，只剩下能夠防止失去部位的劣化版——也就是品質低劣的道具這個結論。

也就是說，她已經用光所有手牌了。

「這下就能解釋了。照一般的情況來看，這畢竟不是遊戲，所以視『留下損傷』＝『痛楚』，應該算是合理的解釋吧～我看妳沒有少掉哪個部位，所以表示『獻祭人偶』……雖然也可能是『替身人偶』啦，總之道具應該有正常地發揮作用。這還真令人好奇。」

他表現好奇的方式，簡直就像某公爵家的二少爺。

發現了一個新的遊戲與現實的相異之處，讓他一下子充滿了興趣。

「品質造成的效果差異……我要不要正式調查看看呢？可是先不論『獻祭人偶』，只有我是做不出

『替身人偶』的呢……」

傑羅斯能製造「獻祭人偶」，但要是沒有藉助死靈法師的力量，他便無法製造「替身人偶」。「替身人偶」是不同職業的魔導士合力打造出的道具。

尤其是像莎蘭娜之前使用過的「魔人偶」，那至少必需要有魔導士、死靈法師以及人偶大師這三個職業的人共同製作才行，可是這個世界的魔導士等級八成不夠。

而要打造「替身人偶」，一定要用上人偶大師和死靈法師的專屬魔法。舉例來說，就像是人偶大師的「生者之鏡」和死靈法師的「冰凍之柩」。

儘管傑羅斯是大賢者，可是身為「魔導士」的他不是這方面的專家。

就因為是如此貴重的物品，所以莎蘭娜即使得用掉品質最好的道具，也想把那東西留在手邊吧。

雖然害得自己因此陷入危機，那就本末倒置了……

「『魂魄附身』、『傀儡同步』……這些我做不出來啊～這是製作『魔人偶』時會用到的魔法，製作『替身人偶』時也會用到呢。這個世界上也沒有可以協助我的玩家啊～不能用使魔的『共享五感』來代替嗎？」

儘管有類似的魔法，但由於性質不同，無法製造真正的替身人偶出來。

這雖然激起了傑羅斯的創作欲，可是單靠他能使用的魔法，能做出劣等品就不錯了。要是其他殲滅者全都在的話或許可以辦到，但那是無法實現的願望。

「真是傷腦筋啊～」

「當別人……這麼痛苦的時候，你在那裡悠哉地想些什麼啦！」

「妳還活著喔。明明只要早點放棄，乖乖的去死一死就好了……」

「你就這麼想殺死我嗎！」

「那是當然。妳怎麼現在還在說這個……」

「我有做過什麼會讓你如此怨恨我的事情嗎？身為弟弟，為姊姊鞠躬盡瘁不是理所當然的嗎！」

某種不該斷掉的東西「啪！」地一聲斷裂。

漆黑的魔力有如火焰般從傑羅斯身上燃起、噴發。

莎蘭娜發現這句話不僅跨過了不該跨過的那條線，而且還觸碰到了對方的逆鱗時，冰冷的汗水從她的背上滑落下來。

「妳是問我『做過什麼會讓我如此怨恨妳的事情』嗎？妳從國中開始，就把自己騙過的男人推給我幫妳善後，還籠絡了高中跟我比較要好的女性朋友跟她的哥哥，非法入侵他們家，偷走了值錢的東西對吧？」

「這麼久以前的事情，我早就忘了……」

「高中畢業之後，我還高興著終於不用再看到妳這張醜陋的嘴臉，結果這回換成一堆不認識的男人大舉殺來我這。全都是被妳欺騙、拋棄的受害者。」

「真沒男子氣概耶。我對那種輕易就能捨棄的沒出息男人沒興趣。」

「妳不僅花光老爸他們留下的財產，闖進我的員工宿舍要我照顧妳，還搞上了我的上司，毀了人家的家庭對吧？」

「有這回事嗎？」

「最後甚至還做出有如產業間諜會做的事，害我被公司開除……」

「那件事啊。你喔，東西也做好一點吧！都怪你，害我被好不容易找到的搖錢樹控告耶！你這弟弟真有夠不懂事的……」

「……去死吧。」

強烈的閃光覆蓋整座教會內部，有半座禮拜堂隨著轟然巨響消失了。

這是大叔使出全力施放的「爆破」。

這威力甚至波及到了周圍的墳墓，連同埋在土裡的棺材都一併燒光，衝擊波徹底掘起了這一帶的土地，以超高溫的熱量使其玻璃化。

看來大叔放棄徹底將對手逼入絕境的作戰，改為不容分說地殺害對手的方針了。

「咳！你突然幹什麼……」

莎蘭娜說不出接下來的話。

因為她察覺到一個帶有強烈殺意的存在就在自己的頭上。

即使莎蘭娜比其他玩家來得遲鈍許多，也沒有駑鈍到感覺不到這股強大的壓力。本能告訴她現在的情勢真的非常危險。

——唰！

她同時感受到有某種東西穿過了她的身體，以及地面被劈開的聲音。

接著是隨時間經過而襲來的痛楚。

「咿呀啊啊啊啊啊啊啊啊啊啊啊啊啊啊！好痛啊啊啊啊！好痛啊啊啊啊啊啊啊啊！」

她在地上痛苦地慘叫，同時看到了。

手中握著巨大鐮刀，宛如死神的弟弟。

那張臉簡直像是日本傳統的能面一樣毫無情感，甚至讓她以為那是別人。

——碰！

她不知道到底發生了什麼事。

莎蘭娜一邊撞倒墓碑一邊被打飛了出去，直到整個人撞上了某座紀念碑才停下。而且全身麻痺，連聲音都發不出來。

她能理解的，只有傑羅斯用大鐮刀的刀柄揍飛了她這件事。

『為、為什麼「獻祭人偶」沒有發揮作用啊？至今為止從沒發生過這種事啊……』

因身上的劇痛而苦不堪言的莎蘭娜，並沒有聽到傑羅斯方才的話。

她對「Sword and Sorcery」系統的知識，只有新手玩家的程度，沒辦法像傑羅斯那樣推測出目前發生在自己身上的痛楚的原因。

即使是相似的姊弟，依然有不同之處。

此外，儘管莎蘭娜知道這個異世界是現實世界，卻在某種程度上把這裡和「Sword and Sorcery」的世界給混為一談。所以不是很重視死亡這件事。

至少她在地球上不會做出殺人這種事，即使人品差到沒有絲毫優點，還是證明了她有一定程度的道德觀念。

奇幻的現實破壞了她的道德觀念，使她搖身一變，成為能夠痛下殺手的人了。

『我會死嗎？我？會死？』

這是她有生以來首次感受到的恐懼。

受他人怨恨、憎惡、對她抱有殺意，面對想將自己排除於世界之外的惡意而產生的恐懼。

一言以蔽之，莎蘭娜——麗美這個人就是瞧不起人類的存在，一路活過來的。

誆騙、欺詐、利用、啃食之後，若對方沒有利用價值了，就輕易地捨棄。

覺得麻煩就逃走，再找新的獵物就好。她覺得事情就只是這樣罷了。

完全沒考慮過被她任意利用、毀掉人生、奪走一切的人們有多麼痛苦。

痛楚是現實。

人被砍就會死，這是現實。

世界便是如此殘酷，沒有所謂的不死之身。

這是任何人都知道的，理所當然的現實。

然而莎蘭娜卻直到現在，才體認到這個殘酷無情的現實。

「放、放過我……是、是我錯了！我道歉，拜託！」

儘管她丟臉地求饒，死亡的化身仍緩緩地舉起巨大鐮刀。

然後刀光一閃。

「咯嘎呀啊啊啊啊啊啊啊啊啊啊啊啊啊啊！」

身首分家的感覺。

至今從未感受過的痛楚無情地襲向莎蘭娜的大腦。

雖然「獻祭人偶」替她擋了刀，所以她的身體沒事，可是痛楚仍貫穿了她的全身。

簡直有如地獄苦海。她甚至覺得傑羅斯是冥界鬼差。

傑羅斯面無表情地看著她。

『不、不是吧……聽居然這麼恨我？為什麼！為什麼我非得遇上這種事？這太沒道理了！』

傑羅斯不帶任何感情，只為了消滅眼前的存在而行動。

他明明是人，卻像是台不帶情緒的機械在割除雜草一樣，打算殺害莎蘭娜。

動作如同機械般正確。

沒了情緒，使他宛如殺戮人偶。

所以才可怕。

而他會變成這樣，是出於對莎蘭娜的憎恨。

那是人生被毀了的人才會有的，超越情緒，甚至足以抹滅人格的強烈怒氣。

可是莎蘭娜不知道，自己為什麼會被他恨之入骨。

不對，是不能理解。

『我不要！我為什麼非得要死在他手裡啊！只要是人，都會寵愛自己吧！有沒有、有沒有什麼可以逃離這裡的道具……』

而好死不死地，莎蘭娜和傑羅斯是姊弟。

被逼到極限的她，滿腦子想的都是該如何存活下來，看起了收在道具欄裡的道具清單。

在這個念頭運轉時，她能完全切斷來自外界的資訊，也能忍受痛楚。

不知道該說她是求生本能強烈，還是已經適應了身處危機的狀況。

然而她就是在這麼極限的狀況下，找到了活路。

『我一定……要活下去。』

儘管數度被足以一招斃命的斬擊打飛，莎蘭娜仍在評估時機。

雖然機會只有一次，不過現在的傑羅斯處於只憑著怒氣行事的失控狀態。

莎蘭娜認為她成功的機率很高。

傑羅斯如鬼魅般逼近她。

他橫舉大鐮刀，明顯地要使出橫砍。

問題就在於要掌握那短短的一瞬間。傑羅斯的大鐮刀一揮，她的身體就將一分為二，然後被衝擊波打飛。但要是連手上的王牌都被打飛，那就沒有意義了。

『還沒……還不夠……』

莎蘭娜覺得一切都緩慢得可怕。

即使傑羅斯的鐮刀出刀依然迅速，可是看在莎蘭娜眼裡，都比之前來得緩慢。

然後她在大鐮刀撕裂她身體的瞬間，將最後的王牌扔到傑羅斯的腳邊。

——砰砰砰砰砰砰砰砰轟轟轟轟轟轟轟轟轟轟轟轟轟轟轟轟！

兩人之間發生了大爆炸，而且還是連續爆炸。

威力是「爆破」的等級，而這種等級的爆炸連續多次炸裂，烈焰吞沒了傑羅斯。

而連帶產生的衝擊波也非常驚人，將莎蘭娜炸飛到超乎預料的距離之外。

在極限狀況下獲勝的，不是被情感吞沒的傑羅斯，而是直到最後的最後做出了冷靜判斷的莎蘭娜。

沒想到劣化版的「獻祭人偶」竟然讓她活了下來。

「喂……喂……」

從頭到尾都躲在暗處看著這一切發展的札彭說不出話來。

在眼前熊熊燃燒的烈焰，還有被衝擊波連同棺材一併挖出來的遺體，將這裡打造成一片有如戰場般的景象。

這裡好歹是死者沉眠的地方，他沒想到竟會被破壞成這樣。

札彭整個人愣住了。

在這樣的情況下，他看見一道影子從烈焰中走了出來。

「什麼！你居然受了那種攻擊還活下來了？」

「唉呀～……沒想到她會用上『魔封炸彈』呢……我途中就失去記憶，想不起來自己做了些什麼了，現在是什麼狀況啊？」

「啥？你那樣大鬧了一場，竟然沒有留下記憶？」

「我完全不記得。我不記得我有用，不過根據這片慘狀，我看得出這是『魔封炸彈』造成的。雖然我以前有做過幾個出來。可是現在的我沒有理由要拿那玩意出來用啊。」

「魔封炸彈」是以封入了高威力魔法的魔寶石為媒介所打造出來的道具。

因為是炸彈，所以可以刻意引爆。在多人共鬥頭目戰中大多會當成陷阱來使用。

即使沒了記憶，從眼前的狀況來看，他也能判斷出這是莎蘭娜幹下的好事。

畢竟傑羅斯是魔導士。與其用「魔封炸彈」，自己用魔法還比較有效率，他要是沒有放水，靠魔法也能輕易地打造出眼前這片慘狀。

既然如此，使用「魔封炸彈」的人就肯定是莎蘭娜了。

她是暗殺者，沒辦法自己使用魔法。即使學會了，也發揮不出太強的威力吧。畢竟她當初根本是在亂玩遊戲。

即使她持有類似的「技能」，那也只是技能，不是「魔法」。

「……真虧你能活下來啊？」

「沒啦，我還是有受一點傷喔？一點小傷就是了。」

「那樣的威力卻只受了一點小傷……你是怪物嗎……」

面對眼前這個不合常理的集合體，札彭實在是嚇得闔不上嘴。

「莎蘭她……逃掉了嗎？」

「逃掉了吧～嗯，反正我是已經布好下一個局了啦。」

「是說那個東西……你覺得她會用嗎？」

「會。她一定會用。因為她是個笨蛋，所以會不假思索地……毫無疑問的會。」

傑羅斯的計策還沒結束。

接下來只要等最後收尾就好了。

「好了……我該怎麼解釋這片慘狀呢。我會被德魯薩西斯閣下臭罵一頓吧……」

「這景象太悽慘了。」

把死者安息之地變成地獄的傑羅斯，正煩惱著要怎麼在事後的報告中向德魯薩西斯解釋此事。

面對眼前這實在過於慘烈的狀況，他只能逃避地點起香菸。

呼出的煙隨風而去，空虛地消逝在空中。

◇◇◇◇◇◇

被爆風炸飛的莎蘭娜儘管感受到來自全身的痛楚，還是靠著「獻祭人偶」的效果勉強活了下來。不過受到的嚴重創傷也同樣殘留了下來……

雖然她整個人在各方面都殘破不堪，仍舊安慰著自己，還活著就不錯了。

她掩人耳目地走在暗巷裡，往碼頭方向前進。

『沒想到聽那傢伙，個性居然這麼可怕……我真的是看錯他了。』

莎蘭娜雖然看過他生氣的樣子，但這還是他頭一次氣到徹底失去理智。

完全不知留情，無論對周遭造成了多大的損害，依然確實地企圖殺害莎蘭娜。

『看來我馬上躲起來比較好。如果再遇到聰，這次真的會被他殺死……真是的，明明只要乖乖聽我的話就好了，居然顛倒是非，還怨恨起我來，真不像樣！』

到了這一步，她還是不承認原因出在自己身上。

不，無論說什麼，她都不會理解吧。

她徹底相信自己是個優秀的人這樣的妄想中，欺騙他人、貫徹我行我素的態度，無論如何都能夠掰出一堆狗屁倒灶的任性理論，一路活到了現在。

想要的東西不是要他人貢獻給自己，就是在偷來之後，若無其事地堅稱那是她自己的東西。

她為此可以偽裝自己，甚至可以做好幾重的偽裝，為了達到目的不擇手段。幾乎可說是個由謊言構成的人。

問題是她本人對這點毫無自覺，善惡價值觀跟一般的倫理道德觀念相去甚遠。

從她現在已經喪失了殺人的罪惡感來看，在地球上的她還好得多了。

懂得體恤、慰勞他人的體貼之心這種東西，她連一丁點都沒有。

「算了，反正我已經沒事要找聰了，在他的腦袋冷靜下來之前，先不管他……」

莎蘭娜的手裡握著一個小瓶子。

那是她從札彭手中搶來的魔法藥，也就是她所尋求的解藥。

『聰真的很笨耶。竟然把這麼貴重的魔法藥免費送給我騙過的男人，拜他所賜，我不費吹灰之力就弄到手了。不過……那個男人，我到底是什麼時候騙了他的啊？』

札彭的感情真的完全得不到回報。

莎蘭娜奮力驅使著搖搖晃晃的雙腿，來到了碼頭。

她先躲進了碼頭邊緣一座沒在使用的倉庫裡，打算等明天早上再搭船移動到其他城鎮。不過這時的莎蘭娜忘了防備周遭。

她沒有察覺到尾隨在她身後的傭兵。

雖然已經強調過很多次了，不過莎蘭娜是不問生死的懸賞犯。照理來說放鬆防備這簡直是愚蠢至極的行為。

然而莎蘭娜獲得了心心念念的解藥，便疏忽了防備。

說穿了她就是開心過頭了。

「呵呵呵，休息前先喝下這個比較好吧。雖然藥效消失後我就會變回原本的年齡，但聽手上一定還有能變年輕的魔法藥啊♪」

真是個萬事靠他人的女人。

這種認定傑羅斯手上一定什麼都有的想法真是太愚蠢了。

莎蘭娜邊哼著歌邊打開瓶蓋，一口氣飲盡瓶中液體。

那個藥卻彷彿黏在喉嚨般地難以下嚥。

「嗚嗯……真難喝。那個笨蛋，為什麼不弄得更順口……嗚咳？啊……啊嘎啊！」

莎蘭娜突然感到一陣痛苦。

接著手臂……不，不僅手臂，連身體也變得細瘦，成了只剩皮包骨的人乾狀態。頭髮也變成與其說花白，更像是有些髒的灰色。色素一下子全都掉光了。
最後連膚色都開始發黑，變得像是被埋在地底下好幾百年的木乃伊。
「嘎啊……為、為什麼……」
這時候，莎蘭娜的腦海中閃過了他們在拉瑪夫森林裡的對話。
這麼說來，在莎蘭娜尋求「回春靈藥」解藥的時候，傑羅斯說他「不知道」。
也就是說，能消除回春靈藥效果的魔法藥打從一開始就不存在，莎蘭娜這才發現傑羅斯是拿其他藥水當成了誘餌。
由於傑羅斯知道莎蘭娜是為了什麼要來找他，所以他只是利用了這個狀況，從一開始就安排好了消滅莎蘭娜的計畫。
沒錯，莎蘭娜喝下的魔法藥當初的確是為了消除「回春靈藥」的效果而開發的，不過做出來的卻是會讓使用者變成殭屍的魔法藥，「提神機能飲料 試作93號」。
「可惡的的的的的的王八蛋聽啊啊啊啊啊啊啊啊啊！」
怨恨的怒吼聲傳遍整棟廢棄倉庫。
「通緝犯莎蘭娜！妳的項上人頭我要了……呃，咦？」
「咦？殭、殭屍？」
「喂，不是這樣吧。你不是說通緝犯在這裡……」
「你剛剛也看到了吧！她就走進這座倉庫了啊……」
想賺取賞金的傭兵們尾隨著莎蘭娜。

沒想到一衝進來，裡頭卻只有一隻最低階的不死系魔物。

「不想弄髒自己的手……盤算著只要交給傭兵們……收拾就好了吧！」

「這玩意說話了！」

「殭屍太危險了！要是放著不管，會襲擊人類啊！」

「是啊，還是在這裡打倒這玩意比較好吧。」

「我贊成。不過這樣應該～賺不到錢吧……」

「這也沒辦法。就當成是在盡國民應盡的義務吧。」

這一天，莎蘭娜被討伐了。

打倒她的傭兵們獲得了莫大的賞金，不過他們還得到了比賞金更厲害的東西。

在他們打倒殭屍莎蘭娜的瞬間，從空無一物的空中出現了許多裝飾品。

其中甚至有強大的魔導具，他們獲得了預料外的幸運獎勵，並為了往高處邁進而更加地努力奮鬥。

幾年後，這組傭兵小隊打著「幸運星」的名號，成為了最強的傭兵小隊之一，聞名於世。

◇◇◇◇◇◇

在墓地一戰的兩天後，大叔為了做事後報告而前去拜訪德魯薩西斯公爵。

之所以會晚了兩天才報告，除了德魯薩西斯公爵正好不在桑特魯城之外，傑羅斯這兩天也因為強烈的罪惡感而無法放鬆。

德魯薩西斯公爵看著事先已經送達的報告書，用冰冷的眼神望向傑羅斯，大叔實在沒有勇氣對上他的視線。因為自己造成了過多的損害是鐵錚錚的事實。

在德魯薩西斯開口之前，傑羅斯覺得時間流逝的速度慢得嚇人。

「傑羅斯閣下……你這次實在做得太過火了吧？」

「對不起。我一個不小心就感情用事……」

「修復墓地也是要用人民的納稅錢喔？」

「……請把我放在索利斯提亞銀行裡那些用不到的存款，全部拿來修復吧。若是不夠，請容用我幾片『暴雪帝王龍』的鱗片相抵……」

傑羅斯在桌上放了幾片略帶損傷的鱗片，德魯薩西斯拿起鱗片後，再度陷入沉默。

「嗯……好吧。不過你的所有存款太多了。頂多只需要用掉三分之一吧。再加上賣掉鱗片的話反而是倒賺，而且是倒賺兩倍。金額大到嚇人喔。」

「我到底累積了多少存款啊！而且我的存款還增加了嗎！」

明明給墓地帶來莫大的損害，修復費用卻只需要存款的三分之一。而且這下存款還會加倍。雖然上頭有些許損傷，但大叔顯然太低估龍王鱗片的價值了。

大叔因為害怕，不敢開口問自己銀行存款的總額。

後來害怕存款增加太多的大叔拚命地懇求德魯薩西斯公爵，讓他把龍王的鱗片當成慰問金，免費贈送。

第十二話　大叔算是認真的告白……哎呀？

眾多商人熙來攘往的碼頭。

在那裡可以看到傑羅斯和札彭的身影。

傑羅斯交給札彭一個皮製的小袋子，露出歉疚的表情低頭致意。

「我家的蠢姊姊給你添麻煩了。真的非常抱歉。」

「不，你不用道歉啊。是我……是我笨。我該早點發現那女人的本性……是我太笨了。」

「你不要這樣貶低自己。相信他人是非常高尚的行為，而且每個人都希望能為人所愛吧。這點我也一樣啊。」

今天，札彭要動身回到自己原本居住的城鎮。

傑羅斯是真的覺得很過意不去，所以準備了一些小伴手禮給他。

只不過傑羅斯也不認為這樣就能療癒他的心靈。

被心愛的女性背叛，一定很煎熬吧。更何況他這還是初戀，想必更是痛苦。

連財物都被洗劫一空。

這就算是傑羅斯碰上都會留下心靈陰影的悽慘遭遇，讓大叔真心可憐起札彭。

不過對打算向前邁進的札彭這麼說，就等於是在侮辱他了。

而且是傑羅斯的親姊姊把他逼成這樣的。所以傑羅斯沒有資格說什麼。

「你今後打算怎麼辦？」

「像以前一樣，當個漁夫討生活吧。我也只有這點本事了。」

「這樣子啊。雖然我想我應該不會再見到你了，但你要保重。」

「你也是。多謝照顧了……」

兩人用力握手之後，札彭頭也不回地踏上船隻的登船梯。

傑羅斯也只是站在原地，目送他的背影離去。

「希望他能堅強地活下去啊……」

他取出一根香菸，靜靜地點燃。

「喂，小哥啊，這裡禁菸，要抽去吸菸區！」

「好的！不好意思！」

結果被工作中的船員給罵了一頓。

現在到處都展開了禁菸運動。即使帶著攜帶型煙灰缸，但是在被指定為禁菸區的碼頭抽菸，還是違反了規定。

「這世道愈來愈難過了啊……」傑羅斯不禁感嘆。

數分鐘後，札彭乘坐的船隻揚起船帆，靜靜地航向歐拉斯大河。

傑羅斯靜靜地守候他離去後，前去向德魯薩西斯公爵報告事情的始末，並且如同各位所知地挨了一頓罵。

◇　◇　◇　◇　◇　◇　◇

札彭在船上眺望著歐拉斯大河。

莎蘭娜死了，而且還是被傭兵殺的。

不是被她的親弟弟傑羅斯，而是被非親非故的傭兵們討伐，而賞金也落入了傭兵們的口袋。

傑羅斯確認了她身上持有的物品後，把那些東西全轉讓給了傭兵。

老實說，札彭覺得傑羅斯是個可怕的男人。

他完全看穿了莎蘭娜的行為模式，並配合她安排了許多計謀，在不知不覺間將莎蘭娜逼入了絕境。

不學無術的札彭雖然不懂，不過傑羅斯是個頭腦非常靈光的男人。

而這樣的男人竟然過著務農生活這點就已經夠令人難以置信了，更嚇人的是他居然和莎蘭娜是親姊弟。

札彭有些在意復仇成功後的傑羅斯有什麼想法。

「那個男人今後會怎麼樣呢……」

他不知道傑羅斯在想些什麼。

只不過就像札彭心裡徒留空虛，傑羅斯或許也是一樣吧。

畢竟一段漫長的因緣畫下了句點。再怨恨下去也沒有意義了。

「我……該怎麼辦呢………」

心愛的對象是虛假的，擁有的財產也被洗劫一空。

他只剩下捕魚用的船，還有現在仍一團亂的小房子。

「回去之後……得先打掃呢。」札彭自嘲地低聲說道。

「對了，這裡面裝了些什麼啊？」

傑羅斯送給他的伴手禮。

那是一個小小的皮袋，札彭不知道裡面裝了什麼。

不過摸起來像是某種固體。

札彭有些在意而解開了繩子，取出其中一個內容物。

「…………啥？」

那是一大顆寶石。

是如果拿去賣掉，價值高到他可以十年不工作也不愁吃穿的玩意，這不是札彭該持有的東西。不如說他根本不知道該如何處置這寶石才好。

而且裡面有好幾個。袋子裡還有一張折起來的紙，上面用很有特色的筆跡寫著：「這些是我挖到的，請你隨意拿去用吧。算是賠罪。」

本性善良的札彭腦中一片混亂，心想著收到這個我也不知該如何是好啊。

然後不出所料，他陷入了恐慌。

「快把船開回去，我不能收這種東西！」

「小哥，你別說這種不可能的話。船一旦出航，到抵達下一座城鎮之前都不會停啦。」

「那我要下船！只要游泳就可以上岸……」

「跳進歐拉斯大河可是自殺行為喔！快住手！」

「放開我，要是沒把這個還回去，我沒辦法過平靜的生活啊！求你了！」

「小子們，快來阻止這個發瘋的小哥！他要是真的跳船就死定了！」

「「「是！」」」

札彭搭乘的船，在歐拉斯大河上前進著。

眾人吵鬧的聲音隨風而逝……

◇◇◇◇◇◇

完成幫札彭送行等工作後的傑羅斯，為了向路賽莉絲報告而前往教會。

因為禮拜堂內空無一人，傑羅斯便往裡頭走去，發現路賽莉絲、嘉內和伊莉絲正在喝茶，三人還聊得非常開心。

「我回來了。」

「傑羅斯先生，歡迎你回來。」

「叔叔，你這一趟送行好像去得有點久耶？」

「沒啦～我送札彭回去之後，還去了德魯薩西斯公爵那兒報告，結果被罵了一頓。說『你這次實在做得太過火了吧？』這樣……」

「你啊……到底做了什麼啊？」

面對嘉內的提問，傑羅斯把自己跟德魯薩西斯公爵的溝通過程一五一十地說了出來。

順帶一提，德魯薩西斯公爵也吐槽了傑羅斯未經同意便在城鎮各處設置布告欄的行為，不過因為今後還是可以善加利用這些布告欄，所以就不追究了。

「嗚哇～看樣子得賠不少修理費啊。」

「不，這部分其實不是問題喔？我還有放在銀行的存款可以用。而且我還免費送了幾片『暴雪帝王龍』的鱗片喔。」

「「「…………」」」

嘉內、伊莉絲和路賽莉絲都說不出話來。

能夠結清高額的修繕費是很了不起，可是他結清的方式也太不合常理了。

「龍王」的鱗片這種玩意兒已經是國寶等級的素材，只要拿去打造成盾牌，其價值甚至能與一個國家的預算匹敵。而傑羅斯竟然免費贈送這種素材，實在令嘉內和伊莉絲無法置信。

不過德魯薩西斯公爵也是因為臨時收到龍王鱗片這種非比尋常的臨時收入，同時獲得了整修公墓的預算，才能與傑羅斯建立起互利互惠的關係……

「我可是被公爵再三叮嚀了喔？要我『往後請你手下留情』這樣。」

「那是當然的吧。大叔認真起來可不得了。不、不過，討債公司找上門來那時候，你是真的幫了大忙啦……」

「說得也是。要是沒有傑羅斯先生，我們現在或許已經在娼館接客了。真的很謝謝你。」

「我也對札彭說過一樣的話，不過願意相信他人是高尚的行為喔。這是值得自豪的事，不該被責怪。雖然也有人能毫不在乎地踐踏他人的心意啦。」

「願意信任他人是嘉內的優點啊。」

「妳這是不是在暗指我缺乏警戒啊？唉……我是否得培養一下看人的眼光呢～……」

「我覺得妳維持現在這樣就很有魅力了喔？也沒有因此學壞，很可愛啊。」

「……啥？」

嘉內突然被傑羅斯這麼一說，瞬間停下了動作，仔細地思考、理解他這句話的含意之後，下一秒立刻刷紅了臉。

她因為害羞而說不出話，只能張口結舌的模樣有點呆，非常可愛。

「嘉內小姐，妳冷靜點！」

「你、你你你你，你沒頭沒腦的說這什麼啦！捉弄我很好玩嗎？」

「我並沒有捉弄妳的意思，我是真的覺得妳很可愛啊？」

「傑羅斯先生，你這話說得還真是直接呢。不過嘉內不太習慣這樣，我覺得你即使真的這麼想，也盡量不要說出口比較好喔？她會陷入混亂的。」

看樣子不要當面對她說這種話比較好。

不過從大叔的角度來看，年輕女孩害羞的模樣確實可愛。看著便不禁莞爾。

「真是的……這個大叔，幹嘛突然亂說話啦……」

「有必要這麼生氣嗎？」

「嘉內只是害羞啦。她這方面真的跟以前一樣，讓我很放心呢。」

「叔叔，你該不會意外地輕浮吧？」

「妳這話真失禮。那我說點認真的話題吧。路賽莉絲小姐、嘉內小姐……」

大叔在桌子前面將雙手盤在胸前，停頓了一拍之後用奇妙的表情開口。

兩人儘管有些疑惑，不過感覺傑羅斯是真的要講正經事，兩人也繃緊了神經。

「是？」

「怎樣啦。」

「請跟我結婚。」

「「「………」」」

下個瞬間，時間停止了。

大叔突然丟下這不得了的炸彈，炸飛了她們的思考回路。

在這種情況下，最先讓時間再次開始運轉的，是並非當事人的伊莉絲。

「難道這是求婚？叔叔，你這是在求婚嗎！你突然吃錯藥了啊？」

「有這麼奇怪嗎？我其實還滿認真的在考慮耶……我尤其在意年齡差距，才遲遲沒有……而且還是同時想娶兩個人……這樣？」

「這樣？什麼啦……所以我才說你太唐突了！」

「因為剛好把麻煩的事情處理掉了，我才下定決心要說出口。畢竟我之前遲遲無法做好覺悟啊～以我現在的年紀，不管怎麼想都跟兩位有著等同於父女的年齡差距，也曾經想過既然這麼在意這點，乾脆返老還童好了～」

「啊，叔叔你手上有『時光倒轉靈藥』……」

「數量不多就是了。畢竟那不是我做的，做起來也很費工。」

「時光倒轉靈藥」是身為「白之殲滅者」，同時也是大叔伙伴的卡儂過去所製作的魔法藥。雖然可以自行調整想要變年輕的歲數，可是只要使用過一次，就無法再用同樣的魔法藥返老還童。

這雖然是題外話，不過「回春靈藥」也是她製作的。

「你為什麼要挑我也在場的時候說啊。一般來說不是會先營造出有情調的氣氛再告白嗎？」

「哎呀～要我在只有我們三人的時候開口，可是很需要勇氣的。而且妳想想看。我至今從來沒有結過婚喔？妳覺得我有辦法製造出美好的氣氛嗎？」

「……你沒交過女朋友？」

「以前因為那傢伙……害我打壞了關係。」

這過於悽慘的狀況，讓伊莉絲不禁為他掬起兩行淚。

「……事情就是這樣。我希望路賽莉絲小姐和嘉內小姐能認真考慮看看…………呃，怎麼了嗎？」

「沒、沒有……那個…………我是很想說這輩子請你多多指教了，但嘉內……」

「啊……」

嘉內整個人僵住了。

這出乎意料、突如其來的求婚……不知是不是該這麼說，不過事情急速的發展讓她的思緒凍結，維持滿臉通紅的狀態僵住了。

雖然她乍看之下是個大姊頭型的人，骨子裡卻是個純情純真到極點的少女。

她原本就對這方面的話題毫無免疫力。

「她完全僵住了呢～回覆等之後再說可能比較好吧。她真的很純情……」

「因為她從以前就是這樣，所以才會嚮往白馬王子，也會去偷聽祭司們聊甜蜜的戀愛話題。到現在都還有愛作夢的一面喔。」

「路賽莉絲小姐是想到就會付諸行動對吧？」

「我相信自己的本能跟雙眼！而且再這樣下去真的要錯過適婚年齡了。」

「不過原來路賽莉絲小姐喜歡年紀大的人啊，真是意外～」

其實不是路賽莉絲特別喜歡年長的對象。

而是因為她從懂事開始身邊就沒有父母，一直很嚮往家庭這種關係。

而且她雖然透過養育自己長大的女性神官們，得以理解母親是怎樣的角色，卻無法理解所謂的父親是什麼。

這種從幼兒時期便懷抱著的幻想與願望，使她必然會對年長者產生興趣，不過她也不是特別堅持這一點。

同年齡也好、比自己小的對象也好，只要自己能接受就可以結婚吧。

更重要的是她身上已經出現了「戀愛症候群」的徵兆，來自本能的直覺告訴她，自己和傑羅斯很相配。她只是老實地順從這發自本能的衝動罷了。

完全沒有必要迷惘。

「妳真的很乾脆呢……我可是煩惱了很久耶～」

「女人就是要有膽識。而且迷惘通常會招致最糟糕的後果……」

「「啊啊～……」」

「戀愛症候群」的患者到了末期，多半會開始做些怪事。如果這些怪事只是有點點超過也就罷了，但其中有很多人會做出導致自己社會性死亡的誇張行為。換成在日本，就是一定會有人報警的程度。

而防止這類怪異行為的唯一手段，就是老實順從自己的心。說白點就是跟自己中意的對象結為連理這麼單純。但人這種生物，就是連這點都很難辦到……

路賽莉絲當然不想把自己搞到社會性死亡，所以對結婚的態度很積極。

「嘉內其實應該也明白這點才對，只是她是個從外表來看，難以想像她的個性會如此少女又膽小的人……」

「與其說膽小，不如說是怕羞吧。不過話說回來，路賽莉絲小姐意外積極耶？」

「沒這回事……不過，嘉內繼續這樣下去很危險喔？傑羅斯先生，你要不要乾脆吃了嘉內？」

「「這麼突然！還做出了如此不得了的發言！」」

這位聖女跟外表給人的印象相反，拋下了一顆驚人的炸彈。

這跟傑羅斯的炸彈求婚宣言相比，威力截然不同。

畢竟她說的可是「麻煩你美味地享用我的兒時玩伴吧」這種話。

她應該也有考慮到不遠後的未來的狀況吧，儘管如此，她還是直接跳過所謂的循序漸進這回事，建議大叔對嘉內強行建立起男女關係。

這恐怕是某位祭司長帶來的影響。

「幸好她現在意識不知道上哪去了，我認為是最適合生米煮成熟飯的時機。而且再這樣放著不管，嘉內恐怕會社會性……」

「路賽莉絲小姐，我明白妳擔心她的心情，可是妳這樣等於是無視嘉內小姐的心意耶？」

「關於這點倒是不用擔心。嘉內毫無疑問地也對傑羅斯先生有意思，她也有認真的考慮過結婚這件事喔？只剩下做好覺悟而已……」

「由於生性害羞，而錯過了踏出那一步的機會嗎？唉，我是可以理解妳想說什麼，可是這樣會不會反而造成她一輩子的心靈創傷呢？」

「這部分就要請你溫柔對待她了。剩下的就交給本能吧。」

交給本能。在某種意義上來說確實是真理。

可是人類不是只有本能的生物，也會為感情所左右。

「她整個人都傻了，現在應該沒辦法吧？」

「你不可以這麼畏畏縮縮的！畢竟嘉內從以前就是一旦被追就會逃跑的女孩啊。」

「路賽莉絲小姐，妳為什麼這麼想強行推進這件事啊……？」

「嘉內也經歷過很多事。與其說她不擅長和男性相處，不如說她其實是害怕。我想她應該不害怕傑羅斯先生，不過在潛意識中或許……」

「嗯……雖然我大致上察覺到是什麼狀況了，不過這也只是我的推測。那麼我來安排一下，找機會跟她一對一談談吧。要麻煩伊莉絲小姐也來幫個忙。」

「你認真的嗎！」

大叔在地球上已經放棄了結婚，沒想到自己會在這個認同一夫多妻的異世界裡找到結婚對象。

可是這個世界有「戀愛症候群」這種麻煩的怪病存在。

甚至還有在初夏時期會出現的「戀愛症候群愛戀失控現象」，所以他是希望可以在那之前想辦法完婚——但還不知道大叔能否在有限的時間內攻陷嘉內。

◇◇◇◇◇◇

在微暗的廢墟裡，從一片寧靜的黑暗之中出現無數氣息。

這股存在將吸引同性質的意志，匯聚合一。

『我恨……四神……』

『……我想回去……好痛苦……』

『喔喔喔……聚集吧……復仇……毀滅吧……』

那正是負面情緒。

那一個一個都是染上了憎恨的意志，同時因為是弱小無力的存在，所以渴望和同類融合。也期望能獲得肉體。

這些意志的共通點是憤怒、憎恨、悲傷、思鄉、永無止境的痛苦。

因此這些意志對於同性質的存在非常敏感，受到在此迴盪的意志呼喚，聚集於此。

燒焦的地面與被風吹散的灰。

那裡頭還殘存了自我意志。

『聚集……』

『集合為一……獲得身體……』

『必須復仇……對梅提斯……國……』

『可惡啊……我好恨啊啊啊啊啊啊啊！』

這些意志最終聚合，以灰燼為媒介，建構起脆弱的霧狀身體。

那是個像黑影一樣的身體。

在各個意志結合，彼此共享名為記憶的情報時，有個抱著完全不同負面情感的意志混了進去。

然而意志們並沒有發現這件事。

金錢欲、物欲、名譽欲、怠惰、貪婪、傲慢。那雖然是有如慾望集合體般的意志，卻因為擁有和這些漆黑意志們唯一共通的情感，成了結合的關鍵。這個情感便是憤怒。

此一意志與周圍的意志並不相容，然而眾多意志仍認為該善加利用而予以接納。

聚集而來的意志也知道且接受了自身將被利用一事，為了獲得肉體而出手協助。

這些意志對世界的憤怒正是如此強烈。

黑影幻化為人形，挪動那有如金屬細絲般的腳，開始移動。

『……梅提……斯……四神……』

『毀滅吧……』

『力量……要更多……力量……』

『聰啊啊啊啊啊……不可……原諒……』

『……我要……回去……』

『回到我的……世界……毀滅吧……』

誕生於廢棄倉庫的存在基於多數意志，朝著梅提斯聖法神國前進。

儘管它現在仍是軟弱無力的存在，可是它知道該如何變強。

或許是出於本能，它為了和現存於世的同類會合，釋放出些許波動，消失於黑暗之中。

接著在幾天之後，以發現了一具風評不佳的傭兵化為枯骨般的奇怪屍體為契機，各地開始陸續出現奇特的死亡事件。

發現的屍體中不論是人、動物、魔物都有，但由於死因不明，讓調查工作遲遲未有進展。

到確認其真面目為止，還得花上一些時間。

◇◇◇◇◇◇◇

札彭的純愛以最糟糕的形式作結後過了一週。

回到老家的他重操漁夫舊業，回到了平淡無奇的日常生活中。

然而他心中總是被難以言喻的空虛感占據著，大家都覺得他需要一點時間，才能變回以前那個熱衷於工作的他。

或許該說他的愛就是如此之深，所以失去了這份愛的反作用力帶來的傷害也更深。

「喂，你還沒恢復啊？嗯……我沒辦法說什麼我可以理解你的心情這種不負責任的話，但你還是要打起精神啊。」

「這病得很重呢。現在先不要管他吧……要是我跟他處在同樣的立場上，也會有好一段時間無法重新振作起來吧。」

「你有好好工作是很好，但我擔心這樣下去，你不知道什麼時候會發生意外啊。畢竟歐拉斯大河的河水流速很快啊。」

「嗯……抱歉啊。」

他很感謝漁夫伙伴們的體貼。

可是喜歡的情感愈強烈，失去時的失落感也會愈大。

札彭今天也回憶著那段幸福時光的幻影，一股難以言喻的寂寞感吹過他空洞的心。

甚至讓他覺得不如一死百了算了。

『死之前得把那個還回去呢……』

他把傑羅斯當成賠罪禮送給他的寶石拿去鑑定之後，估出了非常不得了的金額。

札彭很感謝他的好意，但一介漁夫實在是承受不起這樣的賠罪禮。光是留在手邊都會感到害怕。

正因為札彭骨子裡是個好人，所以他只覺得這賠罪禮實在是太誇張了。

而他今天也一邊嘆息，一邊來到平常會光顧的餐廳。

「啊，札彭先生，歡迎光臨。」

「嗯……請給我一份今日午餐。」

問題在於他要什麼時候拿去還。

一想到歸還那些寶石之後，他就得繼續過著鬱悶的日子，就讓他遲遲無法下定決心動身。

沒有什麼嗜好可言的札彭，在思考該怎麼處理那些寶石的時候，可以暫時忘記遭到莎蘭娜欺騙的那段記憶，讓自己好過一點。

他很清楚自己這樣很軟弱沒用，於是又深深地嘆了一口氣。

最近這已經成了他的例行公事了。

「久等了，這是今日午餐。」

「嗯……謝謝。」

女服務生端著托盤送上今日午餐，札彭總是為她的開朗所拯救。

活潑的她總是很關心自己，讓他在一時之間有種自己可以重新振作起來的感覺。可是當札彭落單的時候，果然還是會被負面情緒給吞沒。

不過今天的她卻和平常不太一樣。

她沒有離開札彭所坐的座位旁邊。

「……怎麼了嗎？」

「札彭先生……我真的很差勁。札彭先生現在明明很痛苦，我卻非常開心。」

「咦？」

「因為我……討厭那個女人。」

「妳說妳討厭她，可是妳沒有跟莎蘭說過話吧？那為什麼……」

「算是女人的直覺吧，我就生理性地排斥她。她總是做些男人會喜歡的小動作，存在本身看起來就很假，而且……」

「而且？」

「我從以前就很喜歡札彭先生！」

突如其來的告白。

她紅著一張臉，突然對札彭說出了自己的心意。

札彭身為一個男人是很高興，但是這實在發生得太過突然，讓他一下失去了思考能力。

然後餐廳內所有客人的目光都集中到了兩人身上。

其實有很多男人對她有意思，而且在暗中較量，看誰能擄獲她的芳心。她受歡迎的程度甚至到了大家心中都有不可以偷跑的共識。

而她卻開口向札彭告白，周遭嫉妒的目光自然刺人。

真要說起來，札彭根本連她的名字都不知道。

「呃，不……我……」

「那個……等你治好心傷後再回答我就好。我也覺得自己這樣很卑鄙……啊，我得回去工作了！」

她用緊張得有些變調的語氣說完後，就跑回廚房去了。

被留在現場的札彭一臉茫然。

另一方面，原本想幫札彭打氣的漁夫伙伴們，反而目睹了這令人羨慕的場面。

「「「你這個……死現充啊啊啊啊啊啊啊啊啊啊啊啊啊啊啊啊啊！」」」

在那之後，被漁夫伙伴包圍的札彭，接受了嚴厲的制裁。

半年後，札彭跟女服務生結婚了。

據說他承受了所有來自漁夫伙伴羨慕嫉妒恨的眼神，辦了一場隆重卻充滿凶狠殺意的結婚典禮。

第十三話　大叔遭到牽連～復活的小邪神～

一片漆黑的地下室被培養槽洩出的光芒照亮。

漂浮在注入了高濃度魔力溶液中的少女，阿爾菲雅・梅加斯靜靜地睜開眼。

那表示她期待許久的時刻到來了，年幼少女的臉上自然地浮現出笑意。

純真少女露出的笑容有著討喜誘人的美麗，同時也給人一種妖魅蠱惑的印象。

『呵呵呵……終於，吾終於要獲得自由了。雖然還無法完全掌控現象管理系統，然而強制介入程式已經製作完成了。』

儘管戰鬥能力不如以往，但那只是小問題。

對身為永恆不變存在的她而言，要成為完全體，除了奪取不可或缺的主程式碼之外，其他事情都不重要。

只要成為完全體，便能將一切破壞殆盡之後重新建構世界。她可以將消滅的現象變為「從未存在過」，可是她現在處在不完全的狀態下，無法使用這種能力。

對身為高位次元存在的她而言，被時間與空間束縛的物質世界，頂多只是箱庭那樣的東西。她是不想刻意去執行破壞行動，但根據當下的情況，她也做好了不惜執行的覺悟。

『不過……還真是對不起犧牲者們呢……雖說這是那邊的諸神的計謀，但還是得補償吾所做的一切吶。』

她在覺醒之後從阿卡夏紀錄之中抽出，不斷反覆閱覽的是反推回過去的影像。

邪神戰爭時期有許多的異世界人犧牲了。

他們的靈魂至今仍在這個世界徘徊，現在變成了破壞法則的猛毒。

為了保險起見，阿爾菲雅也對雖然有別於受到召喚而來的勇者靈魂，但同樣是異世界存在的轉生者靈魂做了調查。確認那些被送到這個世界的轉生者靈魂，確實有調整為一旦死亡，靈魂便會由原有世界回收的狀態，不過似乎也有少數自我意志強大的靈魂滯留在這個世界。

『不知道是調整得不夠確實，還是世界崩壞的程度超乎了預期，真難判斷吶。』

大多數死亡的轉生者，似乎都是因為一開始就被刻意送進了危險地區，這很有可能是四神在亂搞。

四神這種惡劣地對待轉生者的方式，甚至讓阿爾菲雅為此感到憤怒。

『那些傢伙真沒做過什麼好事。真是懊悔吾沒能在事情變成這樣之前就吸收掉她們。』

如果能在被封印之前做出了斷，事情就不會變成這樣了。

當時阿爾菲雅只有與四神交手過幾回，基本上都是不斷和被召喚而來的勇者戰鬥。在這段期間內，四神則是為了不要被吸收而拚命逃竄。

從這點可以看出四神的力量沒什麼大不了的。即使她維持現狀，也能輕鬆戰勝四神吧。

不過既然知道對手擁有強大的力量，四神當然不可能主動迎戰。

畢竟四神的基礎是妖精，從那愛好享樂的本能與特質來看，她們當然不可能擁有為了世界行動這種高尚的理念。

甚至連主程式碼都不會好好用，真的是對牛彈琴。

『問題在於要怎麼把那些傢伙們引誘出來吶。難應付的神器早已消失，沒有東西能夠阻撓吾了。可是她們要是逃進聖域裡那就麻煩了。即使是吾建構的干涉現象程式，多半也只能用一次吧。這樣該如何是好呢。』

雖然順利復活，但由於阿爾菲雅目前顯現於物質世界，若是四神逃進位於次元另一端的聖域，她就無法出手干涉了。

她是建構了能在聖域上開個洞的干涉現象程式，然而若是失敗，不知道會對這個世界產生什麼樣的影響。

最糟糕的情況下很有可能會加速次元崩壞，所以只能先把這招封印起來，當成最終的手段。

她還是希望四神能主動現身。

『干涉現象……不，該說是侵蝕現象能力吧，雖說多虧有異世界的靈魂，讓吾獲得了這張王牌，不過這也是把雙刃劍。很難掌握使用時機吶～』

正在侵蝕這個世界現象的異世界靈魂。他們會對居住於這個世界的所有生物與自然環境造成影響，現在也正在促使異常進化物種與獲得強大能力的生物誕生。

除此之外還有能夠發動對空間產生作用力的靈魂聚合體，但即使擁有如此強大的力量，他們仍無法回歸到輪迴轉生的圓環之中。

以阿爾菲雅的立場來看，她是靠著這些靈魂才能獲得干涉聖域的程式這張王牌，所以她很想讓這些可憐的孤魂回到原本的世界。

可是現在她做不到這件事，只能對他們報以憐憫和同情。

『首先應當要回收他們的靈魂吶～若是我方未給予許可，那邊的諸神也無法進行回收。畢竟這些靈魂侵蝕了現象管理系統……話雖如此，效率也確實不好。四神們不能傻呼呼地自行現身嗎？只要能奪下主程式碼，便能解開加諸在吾身上的限制鎖，也就能幫助這些可憐的受害者們了……』

負責協助阿爾菲雅復活的異界諸神和路西菲爾等人，無法直接接觸這個世界的系統。即使行使緊急特例條目，也無法介入位於次元夾縫中的神域，就算接觸到終端了，也只能掌握部分的管理領域。

若想加以干涉，無論如何都必須取得觀測者的許可，然而持有此權限的就是四神。

依據現況，管理權限被鎖定的阿爾菲雅，只能一邊分析系統，一邊一一除去、回收那些靈魂，而且還伴隨著失敗的風險，所以她不是很想這麼做。

優先回收那些干涉異常進化相關現象的靈魂應該比較安全吧。

『為了不要擴大受害範圍，得先阻止異常進化現象嗎……不如說現在根本只能處理那個部分吶～要是進化過的生物升級，成了足以破壞現象的炸彈那就傷腦筋了，儘管麻煩，也是只能做了。』

完成異常進化的生物本身就是超脫了自然法則的存在。

而當這樣的生物到達等級上限時，會因為積存在靈魂內的力量，引發足以影響時間、空間的爆炸，將會破壞名為法則界線的次元之牆，被召喚來的異界靈魂也會流往次元的夾縫，搭上輪迴的圓環。

然後因為接觸到次元之外的世界——外界世界的牆壁而再次引發次元爆炸。這將會導致時空扭曲，最終世界與世界將會彼此吸引，並對消滅現象引發次元連鎖崩壞。

世界的連鎖崩壞，就是在不同的世界彼此接觸，其法則互相抵觸的情況下引發的現象。

『看是異常進化種會先爆炸呢，還是會因為吾的世界法則崩壞，先與其他世界接觸呢……無論哪種先來，都無法避免連累其他世界的連鎖崩壞發生。狀況依然很棘手啊……好了，該先從哪邊開始著手呢……』

多虧召喚勇者時實施過的調整，受召喚前來的靈魂侵蝕法則的速度非常緩慢。

目前的狀況是從邪神戰爭時期到現在這段流逝的時光所造就的結果，儘管勉強還撐得住，但實在不是能樂觀看待的狀況。

有可能會因為持久性問題，導致低等級的異常進化個體也能引發時間空間爆炸，狀況其實非常危急了。

『若能活化自我淨化作用，或許還能爭取一點時間。若是持續運用終結者們去狩獵異常進化種，就能順利回收正在干涉這些現象的靈魂吧。只不過這些傢伙的人品有些問題這點，讓吾不太放心吶。』

為了殺害異界之神而被送來的「終結者」。

如果和這些終結者（傑羅斯等人）定下契約的阿爾菲雅拜託他們，他們或許會身先士卒地去狩獵魔物。不過這些人的個性上都有些毛病。

他們全都會恣意行動，無法保證他們會在自己預料的範圍內活動。

『戰鬥狂、獸人愛好者、速度成癮者、自由人，這還真是有點……不，應該說是本質相當低落的危險人物……全是些不正經的傢伙吶。難道是另一邊的觀測者刻意送些怪胎過來的嗎？』

雖然其中也是有些正常人，不過能力上就沒那麼可靠。

看來有著愈是不合常理的人就愈強的傾向。

『算了，也罷……現在應該先想辦法從這裡出去。好了……』

肉體已經完全穩定下來的阿爾菲雅，為了來到外界而開始匯聚魔力。

◇◇◇◇◇◇

在莎蘭娜遭到傭兵討伐後，再度回歸平穩日常生活的傑羅斯，在自家前面眺望著天空，一邊擺出日式碳烤爐烤肉一邊茫然地抽著香菸。

他對於自己規劃了葬送親姊姊的行為沒有絲毫後悔。甚至覺得很爽快。

不過心裡卻不知為何少了些什麼，有種空虛的感覺。

『我啊～到底是怎麼了呢……』

也沒辦法好好做田裡的除草工作，無論做什麼都只有一股空虛感掠過他的心靈。

若要說這是對莎蘭娜的罪惡感，那他能夠斬釘截鐵說絕對不是。

畢竟，她是一個社會上非除掉不可的壞人。

傑羅斯沒有會因此產生罪惡感的情緒。

不如說他覺得「活該啦～」的想法更為強烈。

『好不容易才收拾掉那個麻煩的傢伙的……啊，是這樣啊……』

他這時才察覺。

原來傑羅斯並不想假借傭兵之手，而是想親手收拾掉莎蘭娜。

傑羅斯想要的是徹底將她逼入絕境、讓她跪地求饒、將她打落無底的絕望深淵，最後在莎蘭娜哭著求饒的時候殺死她。

然而最後解決莎蘭娜的是一群無名傭兵，他發現自己是為此而感覺空虛。

也就是說，他覺得自己沒能完全燃燒。

這對姊弟的關係真的有夠糟糕。

「原來如此……我其實不是想假借他人之手，而是想親自做個了斷啊……我原本以為不管是怎樣的形式，只要能收拾那傢伙就好了，沒想到我居然搞錯了……」

現在才發現也已經太遲了。可恨的姊姊早就墜入地獄。

傑羅斯受空虛感煎熬著，拿筷子將碳烤爐上烤的肉翻面。

烤肉香噴噴的氣味直擊胃袋。

即使心情低落，肚子還是會餓。

「算了，事情都發生了，也不能怎麼辦。只能積極正面地活下去嘍……差不多烤好了吧？」

他夾起烤好的肉，沾上特製醬汁後送入口中。

有嚼勁的肉質和醬汁與肉本身獨有的甜味融為一體，美味到讓傑羅斯幾乎忘記原本的小小煩惱了。

超乎想像的美味讓他得意地咧嘴一笑。

「你啊……從旁觀者的角度來看，只覺得你正打算要做壞事喔？」

「哎呀，這不是克雷斯頓先生嗎。好久不見了，今日有何貴幹？」

「沒什麼，只是出來散散步。雖然老夫已經退休了，老窩在房子裡也是閒得發慌啊。」

「而且連亞特都來了……是負責護衛嗎？」

「嗯，畢竟受了人家的關照，我現在又算是索利斯提亞公爵家的客人。若連這點小事都不做，我會被唯騎在身上痛揍一頓的。」

「……不就當個護衛，你好歹自動自發點啊。反正你也有在幫忙製作魔法卷軸吧？手上沾了墨水喔……克雷斯頓先生也真是會使喚人。」

「呵呵呵。哎呀，是他說想要買棟房子的啊。老夫只是告訴他有哪些工作好賺罷了。而且那些商品也會賣到伊薩拉斯王國去，我們也需要做點人情給對方。」

「原來如此啊～……如果只是複寫魔導術式這種事，亞特確實能輕鬆完成。」

現在伊薩拉斯王國在索利斯提亞魔法王國的援助之下，接受了糧食及產業援助，還有買賣回復魔法等各種好處。

而且因為索利斯提亞魔法王國讓亞特獨享以超低價供應回復魔法卷軸給伊薩拉斯王國的銷售管道，也算是賣了人情給伊薩拉斯王國。

「所以說，傑羅斯先生你大白天的就在烤肉嗎？嗯……你在烤的肉是……」

「就是那個。因為太好吃，我都忍不住笑出來了。烤大腸最棒了！」

「那個？……………啊啊，那個啊。有那麼好吃嗎？雖然之前的尾肉湯是真的很好喝啦。」

「真的超棒的。我都覺得分給孩子們吃太浪費了。所以我才會這樣一人獨享。畢竟要是被他們發現，他們一定會吃個精光啊……」

「究竟該說他們是強韌還是臉皮厚呢……真是一群無論做什麼都充滿了活力的孩子呢。」

龍王的烤大腸確實美味。說是一道頂級料理也不為過。

如果讓孩子們吃了這種東西，一個不小心就有可能會害他們走上成為美食獵人之路。不如說他們應該會喜孜孜地任憑旺盛的食慾擺布自己的人生吧。

而且高級肉品能賣出好價錢。要是實力夠強，想藉此一舉致富也不是夢。

「尾肉湯啊……那確實好喝，不過究竟是用什麼的尾肉煮成的啊？老夫家也很想購買那種肉呢。」

「呵……克雷斯頓先生。這個世界上啊，存在著可以輕易打倒跟超爆幹難打倒的魔物喔。我想應該不會再有下次了。」

「是啊……我可不想再經歷那種地獄般的狩獵過程了。真虧我們能夠順利活下來呢……」

「你說……地獄般的過程？連你們這樣的高手都覺得是地獄……你們到底打倒了什麼啊？老夫很在意呢……」

「「（龍王。）」」

表情陰沉的兩人低聲吐出的這句話，確實地傳進了克雷斯頓的耳裡。

可是因為太不合常理了，他的理解能力跟不上。

「…………兩位剛剛好像說了什麼很不得了的名詞？老夫年紀大了耳朵不好，不過聽起來像是龍王……」

「「…………」」

克雷斯頓意會到兩人的沉默表示了肯定。

而打倒了比生物頂點更高上一階的龍王，卻只用一句「地獄」就打發掉的這兩人也很不尋常。

要是龍王襲擊索利斯提亞魔法王國，所造成的損害跟亡國的意義是一樣的。那絕對不是光靠兩個人類就能夠打倒的生物。

「……你們要吃吃看大腸嗎？」

「……讓老夫嚐嚐看吧。要是錯過這個機會，不知道什麼時候才有機會品嚐到了。」

「克雷斯頓先生轉換得真快呢。不要思考了，就吃吧……」

因為實在太美味了，三人暫時不發一語地吃著烤大腸。這景象看來真有些可笑。

大叔還在不知不覺間準備了冰過的麥酒。

連說「好吃」都太不識趣了，他們專心地把烤好的肉放進嘴裡。

甚至讓人以為這段這沉默的時間，會一直持續到盤子裡的肉全部消失為止。

「話說克雷斯頓先生，車輛的零件工廠那件事進展得如何了？我記得應該是要跟伊薩拉斯王國共同生產吧？已經開始建設工程了嗎？」

三人本來默默地吃著肉，不過傑羅斯打破了這片沉默。

「基礎建設工程已經開始了。雖然表面上是說共同生產，不過實際上是由我國主導。畢竟那個國家的財源不是那麼豐富啊。」

「人家是個貧窮小國家嘛。如果工廠能完成並順利運作，應該會自然發展為由伊薩拉斯負責生產吧。我本人也是希望如此。」

「亞特閣下太天真了吶。問題就在於他們雖然窮，卻是個自尊心很強的國家啊。他們對我國不太友善，也盤算著總有一天要收復失土。所以我國是不會隨便讓出工廠的權利的。」

伊薩拉斯王國想要的是能夠穩定的生產糧食，達到自給自足的農田。

因為土壤貧瘠，所以該國長久以來為了生存而費煞了苦心，靠著努力維持國家運作，並以仰賴同盟國阿爾特姆皇國的形式，保護了國家與人民直至今日。

而該國的努力正以小國家軍事同盟的形式獲得了回報，現在透過連接起三國的地下通道，可以看出他們正慢慢走上復興之路。

也因為目前的局勢，伊薩拉斯王國內的主戰派也積極的行動了起來。

「……你覺得伊薩拉斯王國會採取行動嗎？」

「強硬派擅自行動的可能性很高吶。而且『魯達．伊魯路平原』的獸人那一方的行動也很令人在意。雖然我曾建議過他們，即使要進攻該處，也不要將領土擴張到自國無法管理的程度，但不是很確定對方有沒有聽進去。」

「有為了尋求肥沃的土地而失控的危險性存在嗎。畢竟『野蠻人』在平原統合了獸人族，並在那裡建國了啊～在那之後不知道他的勢力擴張到什麼程度了……」

「布羅斯啊……那裡對他來說根本是天國吧～不過反過來說，要是魯達．伊魯路平原有什麼動靜，伊薩拉斯王國的強硬派可能也會跟著採取行動。這下事情會變成怎樣呢～」

最近獸人們似乎也已經團結了起來，懂得採取組織性的軍事行動了，勢力甚至強大到足以讓梅提斯聖法神國的騎士團全滅。

即使有勇者這個王牌在手，在凱摩．布羅斯那壓倒性的等級差距面前，騎士團根本不可能獲勝。完全無計可施。

而且對方還有一座凶惡的要塞。

「對他來說那裡就是獸人後宮啊。那傢伙應該會很開心地擊垮敵對勢力吧。如果伊薩拉斯王國得知了這件事……我真不敢想像。」

「畢竟是認識的人，如果真的演變為戰爭，我們應該也得過去吧。這可能會揭開一場單方面殲滅戰的序幕……說不定在我們趕到之前，戰爭就結束了。」

「我們有必要過去嗎？」

「還是得監督他，別讓他做得太過火啊。他可是凱摩先生的徒弟耶？」

「他們為了獸耳，就算要弒神也在所不惜啊……」

畢竟是一個沒在思考的前玩家在統率獸人族，並建立起了國家。如果放著不管，他肯定會順勢做出什麼不得了的大事吧。

正因為兩人親身體會過，所以更覺得頭痛。

「傑羅斯閣下，肉不夠吃了喔？」

盤子裡的肉愈來愈少，克雷斯頓催促傑羅斯加肉。

不愧是龍王肉。連習慣品嚐美食的前公爵都讚不絕口。真的是至高無上的美味。

如果讓他知道傑羅斯保存在地下儲藏室裡的生火腿和香腸，這位老爺爺肯定會叫傑羅斯賣給他吧。

儘管傑羅斯沒有自信能吃光那些東西，但也不能隨便拿到市面上販售，讓他很是頭痛。

「三個人吃這樣太少了嗎。沒辦法，我再去準備一下……這……什麼！」

「這、這是……」

「是魔力嗎？可是……這麼龐大的魔力，是從哪裡……」

突然發生的強大魔力，讓三人都提高了警戒。

那股龐大到足以令人背脊發寒的魔力量，有種不是人類所能帶來的強烈壓迫感。

這股魔力似乎是從傑羅斯家裡傳出來的。

「……該不會是復活了吧？雖然我覺得有點太早了。」

「應該是吧？畢竟人類常識不適用於那玩意兒身上。」

「復、復活？你們到底在說什麼？難道你們知道帶有這般龐大魔力的元凶是什麼嗎？」

「該說知道嗎……這是我用來對付梅提斯聖法神國的王牌。雖然還不是完全體，但沒想到有這種程度啊……雖然她好像有在壓抑自身的魔力啦。」

傑羅斯和亞特對釋放出這股魔力的元凶心裡有底。

不，不如說是他們倆喜孜孜地讓她重生了。雖然很高興她復活了，不過有點太早了。

而且還是在最糟糕的時機下。

「你們知道些什麼！這、這個…………這可不是一般的魔力啊！」

「「……邪神。」」

「…………啥？」

克雷斯頓的表情僵住了。

他的腦中閃過在伊薩．蘭特城看過的紀錄影片。

邪神是突然出現在這個世界，並以壓倒性力量蹂躪所有文明的最凶惡存在。邪神的身影彷彿收集無數內臟後打造出來的巨大頭顱。從像是嘴巴的開口中射出的閃光，瞬間燒毀了有數萬人居住的城鎮。那絕對不是人類能夠抗衡的存在。

看過那段影片的克雷斯頓，非常了解邪神的威脅性。

「……這塊肉想必是老夫最後的一餐了。」

「『你也太快放棄了吧？』」

雖然知道邪神是何種存在的兩人一派輕鬆，不過只有看過古代紀錄影片的克雷斯頓會有這種反應也是理所當然的。邪神之於這個世界就是這麼恐怖的存在。

「不是，真要說起來，邪神本來是沒有打算要攻擊這個世界的。她的目的只有四神，也不想毀滅世界。只是古代的人們主動攻擊了她……」

大叔拚命地幫邪神辯解。

「傑羅斯先生，你這樣根本算不上辯解喔？畢竟邪神最後還是毀滅了一個文明啊？」

「亞特，你到底是站在哪一邊的？」

「你們讓那種玩意兒復活，到底是想要做什麼！」

按照常理思考，讓邪神復活這根本不是正常人會做的事。

克雷斯頓得知兩位賢者級的人物竟然做出了如此誇張的事情，不禁渾身顫抖。

「你放心，她不會毀滅世界啦。事情不會演變成克雷斯頓先生你想像的那種狀況。」

「你在胡說什麼！那可是毀滅古代文明的元凶啊！」

「邪神也是神喔？你覺得把保持世界均衡跟一個種族的存亡放在天平上，她會選擇哪一邊？要打垮萬惡的根源，肯定需要她的力量。」

「四神只是代理神……世界該回到原本的管理者手中對吧？」

「神的力量太過強大了……人類的力量根本無法與之抗衡。即使她視四神為敵，也未必會是我等的同伴。」

邪神戰爭時的阿爾菲雅，因為感應到了武器與勇者召喚魔法陣收集的魔力，便對那些標的展開反擊，結果毀滅了世界。

她遭到封印後，留下的只有一片荒廢的大地與化為沙漠的大陸。

勇者召喚魔法陣則是僅剩一處，那之後四神也隨心所欲地持續進行召喚，無謂地消耗有限的魔力。

無法積蓄在召喚魔法陣中而逆流回地脈的龐大魔力，活化了動植物的生命力，促使生物發生變異，形成了法芙蘭大深綠地帶。

最後死去的勇者們的靈魂開始侵蝕世界，經歷漫長時光後附加上去的技能能力也破壞了事理，為森羅萬象的法則帶來莫大且深遠的影響。

原本召喚勇者系統是為了防衛而存在的，卻在不知不覺間成了毀滅世界的毒瘤。

梅提斯聖法神國並不知道這個事實。

傑羅斯他們在聽到索拉斯神說明真相之前，儘管曾做過不少猜測，但也沒有辦法確定事實為何。

「幸好梅提斯聖法神國的勇者召喚魔法陣已經不存在了。只要再花一段漫長的時間，世界就能夠重生呢。」

「等一下！……傑羅斯先生，我至今也一直有在收集情報喔。你為什麼能夠這麼肯定地說聖法神國的勇者召喚魔法陣已經不能用了？你應該沒有親自確認過吧。」

「我也不是確定事實如此。只是從得到的情報中導出了這樣的結論。」

「你騙人。我一開始以為你跟我一樣調查過這件事，可是你知道的內容太具體了。你有時候會說得不像是推論，而像是親眼見過一樣。召喚魔法陣這麼重要的設施，一定有經過嚴格的保護與管理，我想也不會設置在從外部可以看得見的地方。你應該沒辦法肯定它已經不存在了。」

「「…………」」

一時之間忘了邪神復活一事的傑羅斯和克雷斯頓別開了臉。

亞特看到這兩人的態度，更是確定了心中的想法。

「……傑羅斯先生沒有離開過這個國家吧？不對，你之前說你曾經去過阿爾特姆皇國。那麼最可疑的就是伊薩・蘭特的古代遺跡了……」

「……亞特閣下意外地敏銳呢。」

「呵……被你推測出真相了啊。不過你知道了這些又如何？雖然我想你應該忘記了，但你可是在協助伊薩拉斯王國（其他國家）的人。你有沒有發現你因為知道不該知道的事情，而變成跟我們關係更深的共犯了呢？」

「……糟、糟糕了！」

古代都市伊薩・蘭特。

綜合所有情報，就是古代兵器至今仍可使用，傑羅斯利用該兵器破壞了召喚魔法陣。這就是真相。

而兩人之所以會保持沉默，就是因為對這個時代來說，古代兵器實在太危險了。

是不可以知道，也不能對外曝光的最高機密。

這情報危險到一個不小心，就有可能會成為引爆戰爭的導火線。

「我會忘記……我不想再有更多壓力了！」

「呵呵呵……你以為老夫等人會放過你嗎？你說是不是啊，傑羅斯閣下。」

「……是你不好啊。你要是不去追究這些多餘的事，明明可以過得更幸福的……要恨就恨隨便亂說話的自己吧。我們得防範消息不小心走漏給伊薩拉斯王國知道的可能性啊。你懂吧？」

「不是，我雖然有協助軍備開發部，但我跟軍隊中樞部無關，又是局外人……」

「我說亞特啊……情報這種東西啊，想怎樣捏造都行喔。你以為你說無關，我們就會無條件的相信你嗎？人是說謊的動物啊。」

「沒錯……光只是一同生活了幾天，老夫是無法完全相信你的。當然你有做出什麼成果那就不一樣了。你知道得太多了。即使說不要也太遲了。無論如何，老夫都必須防範消息傳入企圖挑起戰爭的伊薩拉斯王國耳裡的危險。為了隱瞞這件事，只好請你成為共犯了。」

「你們打算欺騙同盟國嗎！這兩個人也太惡劣了吧？」

「我們不能讓人發起以奪取古代兵器為目的的戰爭啊。為此就算是同盟國，我們也甘願去欺騙他們。那是必須葬送在黑暗中的危險物品啊。」

知道消息的人愈少愈好。

而讓跟其他國家之間有往來的亞特活命，實在太危險了。

所以他有兩個選項。一是成為共犯，二是直接被滅口。

「……怎麼會這樣。我竟然碰觸了禁忌的盒子嗎。」

「那東西就是如此危險。你只剩下什麼都不說，把真相帶進墳墓裡一途了。老夫等人也早已做好了這個覺悟。」

「你也乖乖認命吧。畢竟你接下來可是要當爸爸嘍……你也想幸福地生活吧？」

「我這笨蛋……為什麼要多說那些無謂的話……」

亞特在伊薩拉斯王國這邊聽到的消息。

襲擊梅提斯聖法神國的「審判之矢」。

如果那是兵器，恐怕是從衛星軌道上射出的高能量雷射砲。若他的推測正確，這確實是必須保密的危險情報。

古代的兵器至今仍能運作，並且沉眠於世界各處的消息一旦傳開，野心勃勃的當權者肯定會殺紅了眼四處尋找。一個不小心真的會引發戰亂。

而且這是絕對不能落到獨裁者手中的玩意兒。

「爾等似乎很開心吶。吾明明復活了，卻無視於吾嗎……」

「啊！」

「呃！」

「唔？」

三人因為傳入耳中的悠哉嗓音而回頭，只見一位態度高傲的少女打開了玄關的大門，現身在他們眼前。

一頭漆黑的秀髮長得幾乎觸地，宛如陶瓷般的白皙肌膚。

背後有著散發出金色光芒的十二隻翅膀，頭上則長有兩根白銀色的角。

兼具神聖與邪惡氣息的少女，比傑羅斯最後看見的時候還又長大了一些。

「和平是好事，但爾等對待吾的態度是不是太隨便了點？吾都復活了，竟不知要準備迎接，是不怕現世報呀。」

眼角上揚的金色眼眸，像是在鬧脾氣，憤恨地瞪著傑羅斯和亞特。而且還是全身一絲不掛，大剌剌地雙手扠腰站在那裡。

「「「妳先穿上衣服啦啊啊啊啊啊啊啊啊啊啊啊啊！」」」

三人最先脫口而出的是這句話。

連克雷斯頓都沒料到會有個少女全裸登場，忍不住和傑羅斯他們一起開口吐槽。

這對他來說完全是無法預料的意外。

「沒有！爾等為何沒為吾準備衣服？唉，吾是不覺得羞恥，但依照人類常識，吾不能就這樣行走在外吧。爾等不覺得自己太思慮不周了嗎？」

「「嗚……」」

就因為照理來說這的確是他們事先可以預測到的狀況，所以兩人無話可說。

傑羅斯和亞特完全忘記要準備女孩子穿的衣服。

比起這個，阿爾菲雅即使全裸也不覺得羞恥的發言，讓他們了解到邪神的常識和思考果然和人類不同。

若是一位平凡的少女，絕對不會這樣大剌剌地現身吧。

兩人無法直視不悅地眯著眼睛看著他們的阿爾菲雅，別開了目光。

當然，他們不是因為歉疚才別開視線，是基於別種原因才無法直視她。

第十四話　嘉內和路賽莉絲的婚姻觀

在大叔順勢求婚的幾天後。

事情沒有任何進展，路賽莉絲和嘉內仍過著一如往常的生活。

伊莉絲看著她們，在意她們兩個心裡在想什麼在意得不得了。

畢竟是結婚。伊莉絲本人是覺得自己要結婚還早，不過在這個世界裡有些跟她同齡的人都已經結婚了，所以她的想法並不適用於此。

在十幾歲就結婚是理所當然的事，其中也不乏年齡差距極大的夫妻。而且也承認一夫多妻或一妻多夫的婚姻。

傑羅斯會順著當下的一股氣勢對兩人求婚，也是基於在地球上，和有這種年齡差距的對象成為情侶，果然會讓他心裡產生罪惡感。

要是大叔年紀輕輕就結婚了，就算有個和路賽莉絲跟嘉內同齡的孩子也不奇怪。

要跨越這道心理障礙，伊利絲也覺得傑羅斯是得鼓起不小的勇氣。

「結果妳們兩個都要跟叔叔結婚啊～……」

「妳、妳忽然說什麼啊！結、結婚這種事……」

對伊莉絲幾乎是在無意間低聲說出的這句話起了反應的人，果然是嘉內。

「我是打算接受他的求婚喔。接下來就看嘉內妳的心意了。」

「路！妳……這種事情不該那麼輕易下決定吧！」

「為什麼？我們已經快二十歲了。我反而鬆了一口氣，覺得不會變成錯過適婚年齡的老姑婆真是太好了喔？」

「妳稍微煩惱一下吧！」

「與其煩惱，不如就乾脆點決定結婚吧。我知道嘉內每天都窩在棉被裡煩惱喔？」

「不是，我也覺得路賽莉絲小姐太乾脆了一點喔？妳當場就做出決斷了耶。」

路賽莉絲對於跟傑羅斯結婚一事十分積極，嘉內卻無法下定決心，現在仍在煩惱著。

雖然這是很普通的反應，不過伊莉絲是覺得嘉內好像在逃避大叔。

「伊莉絲妳也這麼認為對吧？路馬上就做出決定太奇怪了。」

「可是既然會煩惱，就表示妳對傑羅斯先生多少有那個意思？妳該不會還在介意過去的事情吧？」

「不……不是那樣。」

「會說到過去，是嘉內小姐曾經交過男朋友嗎？」

「妳覺得我會有男朋友嗎？我可是抄起木棍痛揍了附近的小混混耶……真想哭。」

「……路賽莉絲小姐也是造就這黑歷史的原因呢。」

「既然有人企圖危害自己，不主動做些什麼對應，那就等於是放棄生存了喔。應該要誠心誠意地抵抗，把對方打回去才對。」

「路賽莉絲小姐比我想像中的還激進耶……」

「別被現在的路給騙了。她從以前就這麼激進。」

受某個放蕩祭司長鍛鍊過的路賽莉絲，外表看來是聖女，內在卻是個破戒僧。

她不會主動做出違法的行為，可是心中懷抱著若是有人惡意相向，她將會憑實力除掉對方的覺悟。

尤其是為了守護弱小的孩子們，她更是下了要全力抵抗到底的決心。

「所以說，嘉內小姐要結婚嗎？不結婚嗎？」

「又回到這個話題上了喔……對象是那個大叔耶？他一定只是在耍我們玩啦。絕對是這樣。」

「是嗎？以傑羅斯先生的立場而言，他是要對連自己年齡的一半都不到的女性告白喔？我是覺得他沒辦法像嘉內在看的戀愛小說那樣，挑個有月光照耀的夜晚，在海邊做出愛的告白啦。」

「妳為什麼會知道啊！不對，先不管那件事，假設他是認真的，也該有點告白的氣氛吧。他跳過太多東西了，這樣我很難回答啊！」

「咦～那如果他在充滿情調的情況下跟妳告白，妳就願意跟他結婚嗎？嘉內小姐。」

「這、這個……」

被問起要不要結婚這件事，嘉內不知道該怎麼回答。

不僅有年齡差距，她也無法想像自己結婚、踏入家庭這件事。

就算結了婚，她也沒打算放棄現在的傭兵生活，她不想因為自己的緣故給小隊其他伙伴添麻煩，所以遲遲無法做出決定。

除此之外，嘉內心中還留有過去的心理陰影，讓她對結婚這件事不抱任何期望。

雖然她看戀愛小說是看得津津有味……

「嘉內……」

知道她過去經歷的路賽莉絲，靜靜地守護著心底深處有著創傷的好友。

◇　◇　◇　◇　◇　◇

半夜，路賽莉絲來到了嘉內所在的房間。

她有先確認過教會的孩子們和伊莉絲都已經入睡了。

因為她是要來說些正經事的。

「嘉內，妳還醒著嗎？」

「哇！不、不要忽然開門啦，妳至少先敲個門吧！」

「我有敲喔？是因為妳沒回應，我才會開門確認妳是不是醒著……」

只穿著內衣趴在床上認真的看著戀愛小說的嘉內，沒注意到路賽莉絲的敲門聲，結果被朋友看到了自己丟臉的樣子，因此口氣不好的凶路賽莉絲，藉此掩飾自己的害羞。

「哎呀？妳今天不是在看總是夢想著要和王子殿下在一起，愛作夢的女主角跑去睡他人男友的小說啊。」

「不要說那種破壞人家夢想的話！」

「不過那個故事的內容是腦袋裡面開小花的女主角橫刀奪愛，去搶本來有未婚妻的王子對吧？一般來說，這故事不是會讓人擔憂起那個王子的國家未來嗎？」

「妳是想對戀愛小說有什麼要求啊？這種時候加進現實的問題，就沒辦法好好享受故事了吧。」

「我認為在重要的地方加入嚴苛的現實，反而能添增故事的寫實感就是了。至少我看了覺得沒辦法產生共鳴呢。」

「妳居然看過了喔！妳是什麼時候……」

路賽莉絲有偷偷的在看嘉內的戀愛小說。

說實話，她對那種軟綿綿充滿粉紅泡泡，設定又不嚴謹的世界觀無法產生共鳴，反而比較喜歡反派大小姐那類的角色。

包含王子在內，那幾個身為貴族繼承人的主要角色真的很讓人懷疑他們到底有沒有長腦袋。現實主義的路賽莉絲對這部小說給出了如此過分的評價。

「我們稍微聊點正經事吧。嘉內之所以對和傑羅斯先生結婚這件事猶豫不決，果然是因為以前的事情？」

「……老實說那是最重要的理由。我不管怎樣都會想起我那個老爸。我明明已經想不起他的長相了，卻還是清楚地記得他對我做過的事……」

「……果然是這樣。」

嘉內最早的記憶，是受到父親虐待時的記憶。

記憶中沒有母親的身影，只有愛喝酒的父親不知道在大聲嚷嚷著些什麼，毫無理由的對嘉內施暴。

而這樣的父親也在某天失蹤了，一個人被留在家裡，變得十分虛弱的嘉內後來是碰巧被人給發現，才送到了孤兒院來。這就是她內心深處的心理陰影。

她現在依然忘不掉父親當時的所作所為，無法信任男性。

就算對傑羅斯產生了戀愛症候群的病症，也無法打從心底讓自己順從於那股感覺。

就算知道對方跟自己很合得來，她也沒辦法相信自己結婚後能得到幸福。

「可是，照這樣下去……」

「快的話還有兩個月，不，三個月嗎……一想到會出現那種症狀……」

「『戀愛症候群愛戀失控現象』……別稱是『愛的暴露大會』。一想到自己也會出現在那其中，就覺得很可怕呢。」

「我們現在不就有可能會變成其中一員嗎。為什麼好死不死會是那個大叔啊……對象是同齡的男性也無所謂吧。」

「是因為愛撒嬌的嘉內很適合跟具有包容力的年長男性在一起吧？」

「誰愛撒嬌啊！路妳又如何啊？」

「我的情況是……單純只是跟對方合得來吧。因為在做神官修行的時候，我身邊也有不少男性，可是感覺他們都只會做表面工夫，本身滿是謊言，無法信任呢。」

想讓喜歡的女性覺得自己看起來很帥氣、優秀，這是許多男人都會有的願望跟虛榮心。

這個做法本身是沒有錯，可是他們這些含著淚所做出的努力，反而只讓路賽莉絲無法信任他們，對不願露出自己缺點的人抱有戒心。

傑羅斯雖然年長，可是先不論是好是壞，他是可以用平常的態度跟路賽莉絲好好溝通的異性。

「妳那是很奢侈的煩惱耶？見習神官一般來說是不錯的結婚對象吧。」

「那是因為妳不知道背後的隱情，才能這樣說。他們表面上裝出一副聖職人員的樣子，實際上腦子裡只想著要怎樣一腳踢開對手。我曾經聽人說過好幾次『等我當上樞機卿之後，希望妳能嫁給我』，而且每次都是不同的人……」

「這野心還真大啊。明明只是見習神官……」

「聖職人員不過是虛有其名，全是些庸俗之人啊。一身肥肉的樞機卿也跟我說過『我可以命妳為聖女，來當老子的妻子吧』這種話。雖然他的內心比外表還醜陋，不過我搬出梅爾拉薩祭司長的名字，他就逃跑了。」

「那個國家到底有多腐敗啊……是說祭司長以前是在那個國家做了什麼啊！」

在神官修行時期，路賽莉絲的周遭沒個像樣的人。

比起那個，這段話真讓人在意，至今仍讓梅提斯聖法神國的神官們恐懼不已的梅爾拉薩祭司長，以前到底在那裡幹了什麼事。

「唉，也不是所有人都那麼有野心啦。」

「那是當然的吧。人人都野心勃勃的宗教國家，應該早就滅亡了。」

「現在……我是希望那個國家不如滅亡算了喔？」

「就算只是見習，妳這也不是神官該說的話吧！」

梅提斯聖法神國就是腐敗到了路賽莉絲會做出這種凶狠發言的程度吧。

可是「就算是見習妳也好歹是神官吧！」嘉內有好幾次都在心裡這樣想著。

「把話題拉回來，我想妳也差不多該下定決心了喔。嘉內也不希望自己社會性死亡吧？」

「不，話是這樣說沒錯……」

「而且傑羅斯先生也不是滿腦子欲望的人喔？」

「他不是有時候會說出一些性騷擾言論嗎。」

「畢竟他那個年紀的人，多少會開些黃腔吧。梅爾拉薩祭司長也會說些露骨的話喔？『妳們趕快找個男人一起去開房間啦』之類的。」

「唉，這……是比祭司長好一點啦。」

「還是說，妳希望他在約會回程的夜路上抱住妳，然後把戒指戴在妳手上，對妳說『我們結婚吧』這樣嗎？這種情侶反而是少數喔。」

在這個世界，結婚對象大多都是父母介紹的。不然就是從以前就認識的人，或是工作的同事，能遇見好對象的場合並不多。

一見鍾情這種事更像是戀愛症候群發作的結果，事實上根據統計，在初夏時對人一見鍾情而失控的人數會大幅的上升。

是個不希望自己社會性死亡的人每年都會很害怕的季節。

如果事先就知道自己喜歡對方，那還有辦法對應，但是其中也有不少一碰面就突然跟人告白的人，一定會出現做出奇特行動的人也是個大問題。

「可、可是啊……結婚就表示，要……做那件事吧？」

「妳說那件事……啊，妳是指初夜的事啊？『一開始或許會緊張，不過熟悉之後就會習慣了』祭司長是這樣說的。」

「她也說得太直白了吧，那個人真的是神官嗎！」

「反正總是要體驗的，現在緊張也沒有意義吧？啊，嘉內是會害羞吧。」

「我才不想被路妳這樣說！妳不是也沒經驗嗎！」

「可是我的裸體已經被他看過了啊。」

「……咦？」

路賽莉絲曾經被傑羅斯看過她一絲不掛的樣子。雖然不知道這個經驗帶給了她什麼影響，但她並不排斥和大叔發生關係。

不如說她很積極的希望能有個家庭。

不，她一開始確實害羞得快要爆炸了，但隨著時間經過，她開始有了『結婚的話就會被他看光吧。反正到了那個季節時，我也會無法控制自己，那不如乾脆一點，下定決心吧』這種想法，往奇怪的方向想開了。

「妳、妳被他看過裸體這是……」

「以前為了讓那些孩子累積實戰經驗，我們有暫時離開教會，外出幾天過對吧？我那時候不小心睡傻了……」

「妳從以前早上就很難清醒呢。等一下，我是不這麼想，但妳該不會……」

「傑羅斯先生一次都沒對我出手喔？他很紳士呢。」

「路……雖然由我說這話也有點奇怪，但妳知道自己的個性很不合常理嗎？明明發生了這麼害羞的事情，妳為什麼還這麼積極正面啊。」

「我覺得這比跟魔物互相廝殺健全多嘍？我反過來問妳，妳覺得持續在可能會喪命的地方戰鬥，跟在床上培育愛情，哪邊比較需要勇氣？」

「妳的基準太奇怪了吧！」

在有魔物潛藏其中的森林或平原賭上性命戰鬥的勇氣，跟從朋友發展為男女關係的勇氣。前往一個不小心就會喪命的戰場，跟孕育下一代的場所。到底哪邊比較符合自然生態呢。

雖然毫無疑問的，兩邊都需要做好覺悟就是了。

「妳覺得這兩者不同嗎？畢竟嘉內也是女性，也是很嚮往結婚的吧。不然妳就不會看那些戀愛小說了。」

「這，這個……畢竟是我從小的夢想嘛。」

「那我們就兩個人一起獲得幸福吧。既然正好喜歡上了同一個男性，只要兩個人一起嫁給他就好了。順從本能。」

「妳這想法太奇怪了！一夫多妻確實是合法沒錯，可是一般不是多少會有些抗拒嗎？」

「至少我沒有啊。」

在那之後，路賽莉絲仍繼續用那些幾乎可說是歪理的話，持續說服嘉內。

◇◇◇◇◇◇◇

傑羅斯非常不解。

現在的大叔中了「麻痺」的魔法，身體無法自由行動。

而不知為何身中了同樣魔法的嘉內，正以抱著大叔的姿勢，坐在大叔的腿上。

「……哈囉？伊莉絲小姐，妳為什麼要做這種事？」

「對不起……是路賽莉絲小姐拜託我的，我不是故意的喔。為此被迫用掉我珍藏的稀有道具，我才想哭呢……」

傑羅斯的魔法抗性非常高，大部分的異常狀態魔法對他都起不了作用。

雖然大叔很訝異伊莉絲手上居然有能讓他麻痺的稀有道具，然而創造出眼前這個狀況的主謀是路賽莉絲的事實又更勝一籌。

他完全不懂路賽莉絲的目的為何。

「路賽莉絲小姐？」

「對不起。因為嘉內很不擅長跟男性相處，我想試試衝擊療法，麻煩你協助一下。」

「這妳有事先確認過她本人的意願了吧？」

「因為是衝擊療法，所以是突然趁隙下手的喔。畢竟先跟她說，她會逃跑啊。」

他愈來愈不懂路賽莉絲在說什麼了。

唉，雖然這對傑羅斯來說是很值得高興的狀況啦……

「……嘉內小姐。」

「別問我……拜託你現在什麼都別問我。」

滿臉通紅的嘉內低著頭，不讓大叔看到她臉上的表情，有如在呻吟似地低聲說道。實在不是能問她話的狀態。

「我要出去一下，就麻煩傑羅斯先生你暫時維持這個狀態了。」

「咦？等一下！」

「對不起喔，叔叔。我也要和強尼他們去城外狩獵……」

「真的假的？不是，這樣做是爽到我，所以我是沒差啦。不對，不是這樣！」

伊莉絲和路賽莉絲沒聽他說話，便迅速離開傑羅斯面前了。

現場剩下的只有對眼前的狀況十分困惑的傑羅斯，跟一直沉默的抱著大叔的嘉內。

「……這是怎樣？」

他完全搞不懂。

不知道過了多久時間，一直到傑羅斯透過自我回復解除麻痺之前，他就這樣感受著嘉內的體溫，被人丟著不管。

然後等路賽莉絲回來之後，她的手上拿著寫有她和嘉內名字的兩張結婚證書，同時也努力地說服起大叔。

眼前的狀況讓不看場合就開口求婚的傑羅斯在吃驚之餘也十分煩惱，可是解除麻痺後的受害者嘉內鬧起了脾氣，結果他們最後還是沒送出結婚證書。

雖說是題外話，不過這時的嘉內的模樣實在是太可愛了。

新妹魔王的契約者 1~13（完）

Kadokawa Fantastic Novels

作者：上栖綴人　插畫：大熊猫介

大人氣官能戰鬥小說堂堂完結!!
刃更將八位跨界美女一次娶回家!?

未收錄於文庫本的增修短篇，與新寫篇章交織而成的超豪華傑作集，為本系列帶來最美的結局！東城刃更與澪、柚希、萬理亞、胡桃、長谷川、潔絲特、七緒、賽莉絲等八位最美的新娘們，將以婚禮結下更勝主從誓約的情感聯結。

各 **NT$200~280/HK$55~90**

魔法科高中的劣等生 1~32（完）

作者：佐島 勤　插畫：石田可奈

魔法校園本傳故事堂堂完結！
最強魔法師達也與最強敵手光宣展開決戰！

為了水波，名副其實成為「最強魔法師」的達也，與擁有妖魔與亡靈之力而成為「最強敵手」的寄生物光宣，將在東富士演習場激戰！另一方面，就讀魔法科高中三年，達也與深雪風波不斷的高中生活也終將落幕。兩人戀情的結果是──

各 **NT$180~280/HK$50~80**

國家圖書館出版品預行編目資料

賢者大叔的異世界生活日記/寿安清作；Demi譯. --
初版. -- 臺北市：臺灣角川股份有限公司, 2022.03-
冊； 公分. -- (Kadokawa fantastic novels)
譯自：アラフォー賢者の異世界生活日記
ISBN 978-626-321-289-3(第11冊：平裝)

861.57 111000557

Kadokawa
Fantastic
Novels

賢者大叔的異世界生活日記 11

（原著名：アラフォー賢者の異世界生活日記 11）

2022年3月21日 初版第1刷發行

作　者：寿安清
插　畫：ジョンディー
譯　者：Demi

發行人：岩崎剛人
總編輯：蔡佩芬
編　輯：黎夢萍
美術設計：黃永漢
印　務：李明修（主任）、張加恩（主任）、張凱棋

發行所：台灣角川股份有限公司
地　址：104台北市中山區松江路223號3樓
電　話：（02）2515-3000
傳　真：（02）2515-0033
網　址：www.kadokawa.com.tw
劃撥帳戶：台灣角川股份有限公司
劃撥帳號：19487412
法律顧問：有澤法律事務所
製　版：巨茂科技印刷有限公司
ISBN：978-626-321-289-3